莱昂纳德·科恩 | 作品

LEONARD
COHEN

THE
FAVOURITE
GAME

至 爱 游 戏

刘衍衍 ——— 译

上海译文出版社

献给我的母亲

如同雾在墨绿的山丘上

未留下痕迹，

我的身体也未

在你这里留下痕迹

永远不会。

当风与鹰相遇，

什么可以留下得以保存？

你与我相遇

然后转身，然后入睡。

如同很多夜晚忍受

无星亦无月，

我们也将忍受

当另一个已离开，从此天涯。

　　　　　　——莱昂纳德·科恩《大地的调料盒》

第一部

1

布里弗曼认识一个叫雪儿的姑娘，她为佩戴那些长长吊吊的耳环穿了耳洞。耳洞后来发炎化脓，现在两只耳垂上都留下了小疤痕。是他在她头发后面发现的。

布里弗曼的父亲从战壕里站起来时一颗子弹射进他的手臂。战斗中得来的这枚伤疤让罹患冠状动脉血栓的男人得以慰安。

布里弗曼右太阳穴上有道伤疤，拜好友克兰兹所赐，用铲子留下的。是一次堆雪人引起的争执。克兰兹想用小煤球做雪人的眼睛。布里弗曼从那时起就反对用任何其他东西来装点雪人，直到现在依然如此。不用什么羊毛围巾、帽子和眼镜。出于同样的原因，他也不喜欢在雕好的南瓜灯的嘴里插进几只红萝卜，也不喜欢用黄瓜做成的耳朵。

他的母亲将她整个身子看作是她早年从镜子中、窗户外和车轮盖里看到的那个完美形象中生长出来的一道伤疤。

孩子们如同炫耀奖章似的炫耀伤口。情人们则将伤口如同秘密一般呈现。当字用肉体做成，伤口就出现了。

展现一个伤口，一道战争留下的骄傲伤痕并不难。要展现一颗粉刺却不容易啊。

2

布里弗曼的母亲那时还年轻，她用一个放大镜，两手并用去对付脸上的皱纹。

一旦发现皱纹，她就用一个玻璃盘里放着的一排排精油和乳液来对付，然后就叹气。她的皱纹就这样被浸了油膏，不带任何信仰。

"这个不是我的脸，不是我真正的脸。"

"你真正的脸在哪里，妈妈？"

"瞧瞧我。这就是我的样子吗？"

"在哪里，你真正的脸在哪里？"

"我不知道，在俄国吧，在我还是个小姑娘的时候。"

他从架子上拖出那本巨大的地图册，跟它一起倒在地毯上。他像一个寻金矿的人，一页页仔仔细细地查找，直到他发现了整个俄国，辽阔而苍白。他跪在地图上标出的各个距离之间，直到眼睛模糊起来，他将地图上的湖泊、河流和地名融成一张难以置信的脸，幽暗、美丽、如此容易迷失。

女佣后来简直是拽着他去晚餐的。一张优雅的女士的脸就在银质餐具和食物上飘浮。

3

他的父亲多半时间都是在床上，或者在医院病房里度过。一旦起来四处走动，他就谎言连篇。

他拿起没有银把手的手杖，带着儿子爬上蒙特利尔山。这儿有一个古老的火山口，在曾经喷射火热岩浆的凹陷处生长着柔软的青草，青草上憩着两座由铁和石头铸成的大炮。布里弗曼很想长久居于暴力。

"等我好些了，我们会回来的。"

这是一个谎言。

通过拴在"夏雷"酒店旁边的那些马，布里弗曼学会了如何轻抚它们的鼻子，如何用摊开的手掌给它们喂糖块。

"等哪天我们骑马去。"

"可你连呼吸都困难啊。"

当晚，他父亲在一堆标了小旗的地图上谋划战争的时候瘫倒了，他四处摸索着救命药丸，想打开好将药粉吸进去。

4

这是一部满是他家人影像的家庭小电影。

他的父亲将摄像机对准了他的叔叔们，他们个个身材高挑，面容严肃，深色西服的翻领上别着小花，大概都走得太近了，看起来一片模糊不清。

他们的妻子看起来都很正式，有些悲伤。他的妈妈退后站着，催促婶婶们往镜头里靠。她站在后面，笑容和肩膀看起来有些疲沓。她觉得镜头没有对好，有些虚了。

布里弗曼将电影停下来，想好好研究她。然而胶片融了，她的脸被一圈扩大的橘色玷痕吞噬。

他的祖母坐在石砌阳台上的阴影里，各位婶婶将她们的孩子都抱给她看。一套银质的茶具在早期的彩色胶片里熠熠发光。

他的祖父注视着这一排孩子，正满意地点头时，也被融了的胶片吞噬了。

布里弗曼在研究往日，正肢解着这部家庭电影。

布里弗曼和他的堂兄弟们玩着绅士般的小小战争。堂姐妹们则忙着学屈膝礼。所有的孩子都受到邀请，一个一个在石板小径上跳过。

一位园丁羞涩又感激地被领到阳光下，和他的东家们一起留在了胶片上。

一群妻子肩并肩紧靠在一起，影像亦被镜头边框吞噬了。他母亲是头一个因此而消失的。

画面突然间变成了鞋子和晃动不清的草地，那是因为他父亲又一次遭到病痛的袭击。

"救命！"

一卷卷的电影胶片落在他脚下，燃烧着。他在燃烧的胶片间跳来跳去，直到护士和女佣将他救出来，后来又受到母亲的责罚。

电影日日夜夜地放着。小心哪，血，小心哪。

5

蒙特利尔城里大多机构都是由布里弗曼一家人建立并主持的，这一点，让城里的犹太社区成了当今世界上最有势力的组织之一。

城里一直流传一个笑话：犹太人是这个世界的良心，布里弗曼一家是犹太人的良心。"而我是布里弗曼家的良心。"劳伦斯·布里弗曼加了一句。"事实上我们是唯一存留下来的犹太人。这就是说，是超级基督徒、割了包皮的一等公民。"

若如今有人还愿意受累来清楚解释这一点，现在的真实感受则是布里弗曼家族正在逐渐衰败。"小心哪，"劳伦斯·布里弗曼这样警告他的执行事务的堂兄弟们，"否则你们的孩子说话会带口音的。"

十年前布里弗曼收集编撰了布里弗曼氏准则：

我们是希伯来传统的维多利亚式的绅士。

我们不能过于自信，但是我们相当确信任何其他有钱的犹太人能在黑市上发财。

我们不想加入基督教俱乐部或者与旁族通婚来削弱我们的血统。我们希望被人视作同侪，通过阶级、教育、权利等等联合起来，同时保存我们与众不同的家庭宗教仪式。

我们不能越过割礼这条防线。

我们是首先达到文明的人，少喝些酒吧，你们这群嗜血的醪糟汉！

6

老鼠比乌龟有生气。

乌龟又慢又冷，机械性的，几乎和玩具没两样，一只长了腿的壳儿而已。它们的死毫不重要。可是一只包在那层薄薄皮肤下的白鼠则灵动而温暖。

克兰兹把他的白鼠放在一部收音机的空壳里。布里弗曼则将他的白鼠放在一个开口很深的蜜糖罐里。克兰兹有次度假离开，让布里弗曼帮忙照看小白鼠。布里弗曼就将这只和他那只放在一起。

养白鼠可是花工夫。你得走到地下室。有一段时间他给忘了。很快他就全然不去操心那只蜜糖罐，也不再走通往地下室的楼梯了。

后来他总算下去了，然后闻到蜜糖罐里传来的难闻气味。他希望蜜糖罐里还有的是蜜糖。他朝罐子里看了看，看到一只白鼠已经吃掉了另一只鼠的大半个肠胃。他倒不关心活下来的那只白鼠是不是他的。那只活着的白鼠跳向他，然后他就知道那只白鼠是疯了。

因为气味难闻，他伸直手拿着蜜糖罐，尽量远离自己。他将罐子装满水。死了的那只浮了上来，肋骨间开了个大口子，后腿也浮了上来。活着的那只抓挠着罐子边缘。

后来用人请他用午餐，头餐是骨髓汤。他的父亲将骨髓从骨头里轻轻敲出来。这骨髓来自一只动物的体内。

他再回到地下室时两只白鼠都浮起来了。他在车道上倒空了蜜糖罐，用雪埋住。然后又呕了一阵，用雪将呕吐的秽物埋起来。

克兰兹气得发疯。他打算至少得有个像样的葬礼，可是雪下得太大，他们连尸体都找不着了。

来年开春时，他们将车道上的一丘丘积雪铲净。什么都没有。克兰兹说事情既然到了这步田地，布里弗曼就欠他一只白鼠钱。他将他的白鼠托他照看，最后却没了，连具尸骨都不见。布里弗曼说如果有人死在医院里，医院可是不付钱的。克兰兹说那你将东西交给某人托管，这个人如果弄丢了，他是要赔的。布里弗曼说它活着的时候就不能把它叫成东西，而且他在照看时显然是帮了克兰兹的忙。克兰兹说谋杀白鼠可不是什么帮忙，然后他们就在湿乎乎的砾石地上打起来。后来他们去城中心又买了两只。

布里弗曼的那只后来逃了，躲在楼梯下的一个壁橱内，他用手电筒照时看见了小鼠的眼睛。接下来的几个早晨他放了些爆米花在壁橱门口，爆米花有被咬过的痕迹，但很快他就没兴趣了。

夏日将至，工人们将房间的百叶窗和纱窗除下时有个工人发现了一具小尸骨，尸骨上还残留了些毛发。工人就将它扔进垃圾桶了。

工人离开后，布里弗曼将尸骨找了出来，跑到克兰兹那里。他说这是第一只白鼠的尸骨，现在克兰兹就可以给它办个像样的葬礼了。克兰兹说他可不想要这把难闻的老骨头，反正他又有了一只。布里弗曼说这样也好，可是他得承认他俩都是遇事转身的孬种。克兰兹承认了。

布里弗曼将尸骨埋在一株紫罗兰下，他的父亲每天早晨就是从这株紫罗兰上摘一朵下来别进他西服的翻领上。布里弗曼每次嗅着紫罗兰时，都添了新的兴致。

7

回来吧，严厉的柏莎，回来，将我带出这棵折磨之树。将我从下贱女人的卧室里移走。将我所有的东西都拿走吧。我昨晚弄到手的这个姑娘背叛了替她付房租的男人。

布里弗曼在他二十来岁的许多个早晨就是这样唤醒柏莎的灵魂的。

后来他的骨头就只有鸡骨那么宽，他的鼻子从闪米特人的高鼻梁逐渐塌陷到外邦人不分明的扁平，身体上的毛发随着年岁增长如同生命衰颓的绿洲，他身体轻得如同手柄，如同一根苹果树的树枝。日本人和德国人根本就错了。

"柏莎，现在就开始吗？"

他跟着她到了苹果树最危险的一处。

"再高点儿！"她指挥着。

这时甚至苹果都颤动起来。太阳照着她的木笛，磨光过的木笛发出铬合金的色泽。

"现在呢？"

"首先你得对上帝说点儿什么。"

"上帝是个混蛋。"

"嗤，什么呀。要这样我可不玩。"

天这么蓝，云朵在飘移。下面数公里外的草地上有只腐烂的果子。

"草上帝。"

"你得说点儿更脏的，胆小鬼！真有分量的那个词！"

"操上帝！"

他等着一阵风将他从他停留的枝头上吹下去，将他摔落在草地上，四肢断裂。

"操上帝！"

布里弗曼看见克兰兹躺在一团盘起来的水管旁边，忙着拆解一只棒球。

"喂，克兰兹，听好了。操——上——帝！"

布里弗曼从未听过他自己的声音如此纯净。空气就是一只扩音器。

柏莎调换了一下所处的危险位置，用木笛打了一下他的脸。

"脏嘴！"

"这可是你的主意！"

为了要让布里弗曼虔诚，柏莎又要去打他的脸，这时她从树枝间跌落了下去，几只苹果也随着掉落。她跌落时一点儿声音都没有。

克兰兹和布里弗曼看见她跌下来，有一秒钟她的姿势是她在健身房时无论如何也无法做到的。她那副金属架的眼镜让她那张平淡的撒克逊人的脸看起来更加麻木。一根尖锐的手臂骨从皮肤下凸出来。

在救护车将柏莎送去救护之后，布里弗曼小声说：

"克兰兹，我的声音有点特别。"

"根本没有。"

"有。我可以让事情发生。"

"你是疯子。"

"想听我的许愿么？"

"不想。"

"我许愿一星期不说话。我许愿要学会如何独自这样玩，这样一来，会这样玩的人数就总是一样的。"

"这又有什么好的？"

"这显而易见啊，克兰兹。"

8

他的父亲决定从椅子上站起来。

"我和你说话呢，劳伦斯！"

"你父亲正和你说话呢，劳伦斯，"他母亲也插话了。

布里弗曼最后一次徒劳无益地尝试着打手势。

"你听你父亲的呼吸啊！"

老布里弗曼计算了一下行动的能量，决定冒这个险，他扬起手背扇了儿子一耳光。

小布里弗曼肿起的嘴巴还没能让他停住唱那首《老黑奴》。

他们说她会活着。可是他没有放弃。他会是那多出的一个。

9

日本人和德国人是美丽的敌人。他们一口龅牙，或者带着冷酷的单片眼镜，唾沫横飞地说着生硬的英语。因为他们的本质，他们发动了战争。

红十字会的船必须被打沉。所有的伞兵必须用机枪打落。他们的军服硬邦邦的，用头骨作为装饰。他们听见乞求活命之声时依然可以享受食物，高声大笑。

他们发动的每一场战争无一不是带着变态的抿嘴窃笑。

最棒的是，他们折磨人。不管是为了取得密信，或是为了制造肥皂，还是为了给小镇上的英雄们杀鸡儆猴。最主要的是，他们折磨人是为了乐子，这是他们的本质。

漫画书、电影、广播节目等诸多娱乐，无一不是围绕折磨为重心。没有什么比折磨的故事更让一个孩子心醉神迷了。带着最清晰的良知，带着爱国的激情，孩子们梦想着，谈论着，折磨着他人的肉体以得到迷狂。想象力得到释放，在从骷髅地到达豪①的侦探任务中四处游荡。

欧洲的孩子忍饥挨饿，看着他们的父母密谋，然后死亡。而这里我们却和来自父母闹着玩儿一般的鞭打长大。要给我们将来的领袖们以警告，这些战争的婴儿。

10

他们拥有了丽莎，他们有了车库，为了更血腥，他们还需要绳子，红绳子。

没有红绳子，他们不能进入幽深的车库。

布里弗曼记起了一团线圈。

---

① 骷髅地，《圣经》里耶稣被钉上十字架之地。达豪，纳粹德国建立的第一个集中营，位于德国南部巴伐利亚州达豪镇附近的一所废弃的兵工厂。

厨房的抽屉里装的东西和屋里的那只垃圾箱差不离，而这只垃圾箱跟房子外面的那只垃圾箱装的东西差不离，房子外面的那只垃圾箱和那辆形状像只大犰狳的垃圾车里装的东西差不离，而这些垃圾车里装的东西跟圣劳伦斯河河边的巨大垃圾堆差不离。

"来杯热乎乎的巧克力牛奶好吗？"

他真希望他母亲能敬重真正重要的事情。

哦，即便你在最忙乱的时候，搬弄这间厨房抽屉里的物事也是最让人高兴的事情。

抽屉里除了缠绕在一处的线圈盒之外，还有蜡烛头，是多年以来安息日的夜晚为了防止台风引起的停电而搜集在一处备用的；因为换锁而剩下的各式铜钥匙（很舍不得将这些精心配制的金属钥匙随手扔掉），那些墨水管干枯的钢笔，只需有人不怕麻烦来清洗这些墨水管（他母亲曾告诉过女佣们如何清洗）；尚未用过的牙签（特别是为清理牙齿用的）；那把坏了的剪刀（新剪刀放在另一个抽屉里，十年之后仍然被称为"新剪刀"）；家里腌制食物用的玻璃瓶上用作封口的橡胶圈，年月一久，都用疲了（那些腌制的绿番茄，很难看，紧绷绷的）；各种把手；散落的坚果；因吝啬而舍不得丢弃的各式杂物。

他的手指茫然地摸索着线圈盒，不知什么原因抽屉从来不能一开到头。

"一块小饼干，一小块蜂蜜蛋糕，还有一整盒杏仁饼干呢？"

瞧啊！鲜艳的红。

丽莎想象中的身体布满了伤痕。

"来点儿草莓，"他的母亲叫道，语气像是在告别。

孩子们走进车库、谷仓、阁楼等建筑时，就如同走进巨大的厅堂和家庭教堂似的。车库、谷仓、阁楼和与他们相关的这些建筑比起来更古老。他们对巨大的厨房抽屉充满了肃穆的敬畏之情。它们像是和气可亲的博物馆。

车库里幽暗不明，一股子油哈喇味，他们的脚步落在去年的层层落叶上，落叶裂开。铲子和铁罐的金属边缘发出潮湿的幽光。

"你是美国人，"克兰兹说。

"不，我不是，"丽莎反驳说。

"你就是美国人，"布里弗曼说。"我们二对一。"

布里弗曼和克兰兹的高射炮看来很重。丽莎勇敢地穿过黑暗，扮成战机的样子，手臂前伸。

"嗒嗒嗒嗒嗒——"她战机的机关枪啪啪作响。

她被击中。

她模仿被击中的战机，漂亮地来了个鼻子朝下倒地，最后一分钟时又脱逃了。她的两条腿左右摇摆着，示意战机被击中后从空中掉下的样子，她明白她完蛋了。

她是个完美的舞者，布里弗曼想。

丽莎看见克兰兹走来。

"敬礼，希特勒万岁！你是第三帝国的俘虏。"

"我把图纸吞下去了。"

"偶们自道怎么对付泥们这些银。" ①

她被带到一张行军床前，脸朝下躺着。

"只能打屁股。"

天，她的屁股是白的！完全的一块白！

她的屁股被一条红绳子轻轻抽打着。

"转身，"布里弗曼命令道。

"说好了，规矩是只能打屁股，"丽莎抗议。

"那可是上一次，"规矩制定者克兰兹争辩着。

她还得脱下上衣，行军床在她的身下消失了，她在离石头地面两英寸的上方飘浮着，飘浮在车库秋天的阴郁里。

噢，天哪，天哪，天哪。

轮到布里弗曼的时候他没有抽打丽莎。有白色的花从丽莎的毛孔里生长出来。

"他怎么了？我可要穿衣服了。"

"第三帝国杜绝反抗，"克兰兹说。

"咱们要拿住她吗？"布里弗曼问。

"她会弄出很大响声来的。"克兰兹说。

游戏结束后，丽莎穿衣服时要求这两人都转过身去。她离开时打开车库的门，阳光射进来，让车库看起来真正像一间车库。他们沉默地坐着，红绳子也不知丢到哪里去了。

"我们走吧，布里弗曼。"

---

① "我们知道怎么对付你们这些人。"原文是德国人带浓重口音的英语。

"她简直完美无瑕，不是吗？克兰兹？"

"她哪里完美了？"

"你都看见了。她真是完美。"

"再见，布里弗曼。"

布里弗曼跟着他走出院子。

"她真是完美，克兰兹。你没看见吗？"

克兰兹用食指堵住耳朵。他们走过柏莎摔下来的那棵树。克兰
兹开始跑起来。

"她确实完美无缺，你得承认这个，克兰兹。"

克兰兹跑得更快了。

11

布里弗曼早年犯下的其中一宗罪是偷看了一把枪。他父亲把枪
放在他的床和妻子的床之间的床头柜里。

那是一把 38 式枪，放在一只厚重的皮革枪盒里。枪把上刻着
人名、军衔和所属部队。这把枪致命、瘦削、精确，躺在那只黑暗
的抽屉里，带着危险的潜力。金属总是冰冷的。

布里弗曼扣动扳机时听到了机械发出的声音，那是所有精确谋
杀发出的完美声响。咔嚓！像齿轮相扣时发出的声音。

只要手指那么稍稍一动，这颗小而钝的子弹就会射出。

如果有德国人这会儿正沿着这条街走下来……

他父亲结婚时起誓：任何胆敢对他的妻子图谋不轨的男人，他见一个杀一个。他的母亲把这个故事当笑话讲。布里弗曼却相信他父亲的誓言。他曾想象过所有向他母亲微笑过的男人的尸体堆积如山。

他父亲有个开价昂贵的心脏病主治大夫，名字叫法利。他是布里弗曼家的常客，布里弗曼一家待他如家里人一样。当他的父亲在维多利亚皇家医院大口大口地吸着氧气时，法利大夫在布里弗曼家的过道里亲了他的母亲。那只是一个温柔的吻，为了安慰一个不快乐的女人，是在认识多年、一起经过数次危机的两个成年人之间。

布里弗曼琢磨着是否应该拿这把枪干掉这个人。

可是谁来治愈他的父亲呢？

就在不久前布里弗曼看见他的母亲在读一份《星报》。她放下报纸，一个失去了樱桃园的契诃夫式的微笑使她的脸柔和起来。她刚读到法利大夫的讣告。

"他真是一个英俊的男人哪。"她看起来似乎正想着琼·克劳馥主演的一部悲情剧。"他还向我求过婚呢。"

"是在我父亲过世前还是过世后？"

"别傻了。"

他父亲是一个特别爱整洁的人，他如果觉得母亲的针线篮子乱成一团，他会一下将针线篮子翻个个儿；家人穿的拖鞋如果没有在各自的床下放好他就会暴跳如雷。

他是个胖子，和任何人都笑得起来，除了他自个儿的几个兄弟。

他这么胖，而他的几个兄弟却瘦高挺拔，这不公平。不公平啊，为什么胖的那个得死，难道光这么胖着，又喘不过气来这些折磨还不够？为什么不是好看的先死？

那把枪证明了他曾经是个斗士。

新闻报纸里常见到他兄弟的照片，都和战争有关。他将他生命中的第一本书给了儿子：《国王之师传奇》，厚厚的一册，充满了对英国军队的赞誉之词。

凯——凯——凯——凯蒂，他能唱的时候就这么唱。

机械是他的真爱。为了去看一台能从特殊角度切东西的切割机，他能走上数公里。他的家人都觉得他傻。他借钱给朋友或下属时问都不问。他在成年礼时收了好些诗集．布里弗曼现在接收了这些软皮书籍，那些尚未裁开的书页让他吃惊不已。

"也读读这些吧，劳伦斯。"

《如何鉴别鸟类》

《如何鉴别树木》

《如何鉴别昆虫》

《如何鉴别石头》

他注视着他的父亲，洁白的床，总是那么干净整洁，闻起来仍然有一股"维他利"牌子的味道。在这具变软的身体内有股子乖戾，一股子敌意，一种心的蹒跚。

他的父亲身体愈发衰弱时他撕掉了那些书。他也不明白他为什么憎恨这些精描细绘的图片和彩色印版。我们明白。这是在嘲笑这个充满细节、信息和精确的世界,所有这些无用的知识在面对衰落时不知所措。

布里弗曼在房间里游荡,等待着那声枪响。该给这些人一个教训,这些获得伟大成功的人、这些雄辩的演说家、这些宗祠庙堂的建造者,所有这些好为人先走入公众景仰的荣耀之中的伟大兄弟。他等待这支 38 式枪的响,这声枪响将清洁这所房屋,带来可怕的巨变。这把枪就在床边。他等待着他的父亲将子弹射入心脏。

"把放在顶层抽屉里的几枚奖章给我拿来。"

布里弗曼把奖章拿到床边。绶带的红色与金色如同水彩画交织在一起。他父亲费了些力才把这些奖章别在布里弗曼的毛衣上。

布里弗曼站直了,等待父亲作临终告别。

"你不喜欢它们吗?你老喜欢盯着它们看。"

"是的,我喜欢。"

"别傻站着。它们如今是你的了。"

"谢谢,先生。"

"好吧,带着它们出去玩吧。告诉你母亲我谁也不想见,包括我那几个著名的兄弟。"

布里弗曼下了楼,打开壁橱,他父亲的全套渔具就放在里面。他一连几个小时,满怀惊奇地将几杆三文鱼竿排列在一起,将钓鱼的铜线绕起来又放开,摆弄着精致的鱼饵和锋利的鱼钩。

他的父亲如何对付这些美丽的、沉重的武器,他那具肿胀的胖身体，躺在那张洁白挺括的床上的那具胖身体？

曾穿着橡胶长靴，溯河而上的那具身体在哪里？

12

多年以后，布里弗曼在向雪儿讲述这一切时，他中途停顿了，问：

"雪儿，有多少男人知道你耳垂上的疤痕？除了我这第一个耳垂考古学家之外？"

"没有你想得那么多。"

"我不是说那两三个或五十个用他们日常的嘴唇亲吻过你耳垂的男人。是在你的臆想中，有几个用他们的嘴对你的耳垂做过不可能的事情。"

"劳伦斯，你别这样，成吗？我们正躺在一块儿呢。你非得把今晚毁了不可。"

"我敢说有几个营。"

她没有回答，她的沉默在两人的身体之间产生了一点儿距离。

"再告诉我多些关于柏莎、克兰兹和丽莎的事情。"

"我告诉你的一切事都是另一些事的证据。"

"那咱俩就一起沉默好了。"

"我在车库事件发生之前就见过丽莎。我们那时约莫五六岁吧。"

布里弗曼注视着雪儿，一边向她描述丽莎阳光灿烂的房间，好多贵重的玩具。比如可以自动摇来摇去的电动马车，真人一般大小会走动的娃娃。所有玩具只要捏一捏就立刻哇哇叫或自动亮起灯来。

他俩藏在床下的阴影里，手里全是秘密和各种新鲜气味，他们监视着用人们，看着阳光和油毡地毯一齐倾斜，地毯上都是安排妥当的童话故事。

女佣的大鞋从一旁走过。

"真好听啊，劳伦斯。"

"可这是个谎言。它真发生过，可这是个谎言。柏莎的树是个谎言，尽管她真从上面掉下来过。那天晚上我摆弄了一阵父亲的渔具之后，我溜进了父母的房间。他们分床睡，两人都睡着。窗外有月亮。他俩的脸都冲着天花板，同一个姿势睡着。我就知道如果我叫喊的话，只有一个会被惊醒。"

"他是那个晚上死的吗？"

"任何事是如何发生的，都不重要。"

他开始吻她的肩、她的脸，虽然他的指甲和牙齿弄疼了她，她也没有吭声。

"你的身子永远也不会这么熟悉了。"

13

早餐后六个男人进了房子，将灵柩停放在起居室里。灵柩大得有些惊人，暗纹的木材，铜制的把手。男人们的衣服上落了些白雪。

房间突然变得比往常更加正式起来，不像布里弗曼熟悉的那个样子。他的母亲眯起眼看着。

男人们将灵柩放在一只架子上，准备打开如同壁橱般的灵柩盖子。

"关上，快关上，我们可不是在俄国！"

布里弗曼闭上眼，等着盖子合上时发出的声响。可是这些靠死者和死者悲恸的家属谋生的男人们行动起来悄无声息。他睁开眼时他们已经离开了。

"妈妈，为什么您要让他们合上盖子？"

"事情已经够糟了。"

房间里的镜子都用肥皂洗过了，玻璃镜面看起来好像严冬延伸到屋内，遭了霜打一般。他的母亲独自在她的房间里待着。布里弗曼直挺挺地坐在床边，努力用一种柔和些的情绪来平息他的愤怒。

灵柩的位置与长沙发平行。

喊喊低语的众人开始在门道里和阳台上聚集。

布里弗曼和他母亲从楼梯上下来。冬日下午的阳光在他母亲的黑丝袜上闪光，也给站在门道内候着的送葬人身上镀了一层金色的轮廓。他可以瞧见停着的车和人们头上的脏雪。

送葬者站得最近，他的几位叔伯站在送葬者的身后。父母的友人和厂里的工人拥满了大厅、阳台和过道。他的几位叔伯，身材瘦高，神情肃穆，用他们指甲修剪得很好的手摸了摸他的肩。

可是他母亲的坚持败下阵来，灵柩还是被打开了。

他被包裹在一层丝的织品里，用一件祈祷时用的大披肩盖着。

他的黑色胡髭浓密鲜明，衬着那张惨白的脸，看起来有些不安，似乎要醒过来，要爬出这具很不舒适的装饰盒子，回到那张舒服很多的长沙发上去睡。

墓地看起来就像阿尔卑斯山下的一座小镇，大石头看起来如同一座座沉睡的小房子。挖墓者的工作服看起来随意得几乎不敬。一块人工草皮放在一堆挖掘出来的冻土上。灵柩用滑轮送了下去。

硬面包圈和煮熟的鸡蛋，这些代表永恒的圆形，用来招待众人。他的叔伯们和友人们开着玩笑。布里弗曼真是憎恨他们。他注视着他大伯的胡子下面，问大伯为什么没戴领带。

大伯的父亲是长子，大伯也是长子。

家族的亲戚最后离开。葬礼总是这么整洁。所有他们留下的东西就是镀了金边的餐盘里残留的面包屑和葛缕子籽。

冬天的月亮看起来那么小，几米宽的蕾丝窗帘兜住了些月光。

"妈妈，你看到他了吗？"

"我当然看到了。"

"他看起来似乎很生气，不是吗？"

"我可怜的孩子。"

"他的胡髭那么黑，好像用眉笔画过似的。"

"劳伦斯，时间晚了。"

"好吧好吧，晚了晚了。我们再不能看见他了。"

"我不许你用这样的语气和母亲讲话。"

"你为什么让他们合上盖子？不然我们整个上午都可以看到他。"

"去睡去！"

"上帝会罚你，上帝罚你！你这个女巫！"他尖叫起来。

整个晚上他听见母亲在厨房里哭了又吃，吃了又哭。

14

在墙上悬挂的所有家族先人的照片里，这是一张最大的彩色照片。

他父亲着一身英式西服，所有的英式沉默都被织进了这身西服的纹理。一条酒红的领带，打的领结如同一个滴水怪兽。翻领上别着一枚加拿大军团勋章，比珠宝首饰黯淡无光得多。长了双下巴的脸带着维多利亚时期的理性与体面，然而褐色的眼睛却太过柔和地凝视着，嘴唇稍嫌饱满，带着闪米特人的特质，无端受了伤似的。

浓密鲜明的黑胡髭长在敏感的嘴唇上，看起来像个可疑的受托人。

他临终前吐的鲜血已经看不见了，但是当布里弗曼仔细观察这帧肖像时，还是看到了脸颊上形成的隐隐血痕。

他是布里弗曼个人宗教信仰中的王子，双重天性，独断专行。他是被迫害的兄弟，几乎是个诗人，是机械玩具中的无辜者，一个叹气的法官，只是聆听，不去判决。

同时他也高举他的权威，以神授的权力为武装，对一切弱者、犯忌者、不具备布里弗曼家族气质者施以强力，毫不姑息。

在布里弗曼向父亲致敬的同时，他很想知道父亲仅仅只是聆听，还是只在法令上盖上他的印章。

如今父亲已遁入这具金色相框，父亲的神情也如同其他先人的肖像一样遥远。他的服饰已开始变得过时，如同戏服一样。他可以安息了。布里弗曼已经传承下他关心的一切事物。

葬礼结束的第二天，布里弗曼拆开了父亲在正式场合佩戴的蝴蝶领结，在里面缝进了一句话，然后将蝴蝶领结埋在花园里栅栏旁的雪堆下，邻居在夏日里种的铃兰花怒放之处。

15

丽莎的一头浓密黑发如同埃及女王克里奥佩特拉，她跑起来或跳跃时，黑色长发在肩头荡来荡去。她的双腿因为天性喜爱运动，又长又直。她有双大眼睛，眼皮沉重，带着一股梦幻的气质。

布里弗曼以为她和他一样，也是个梦想家，喜欢梦想那些复杂高妙的事情。可是，她的大眼睛整天游荡在自己想要成为其主人的某所屋顶高耸的房屋，她打算生的那些孩子，那个她想要给予温暖的男人。

他们很快就厌倦了在柏莎的树一旁的野地里嬉戏；他们也不想在某个人家的门廊下挤在一处吃沙丁鱼；他们也不想跋着腿玩贴标签的游戏；也不想画那个神奇的圆，然后点上些点点以示签名。他们颠来倒去地玩着字母游戏，低声细语。他们才不关心那是谁。

关于肉体、爱情和好奇的游戏更好玩。他们走过"跑吧，羊儿"，一直走到公园，坐在公园里池塘边的长椅上，那儿是护士们说长道短的好地方，也是孩子们让他们的玩具船出航的地方。

他想知道她的一切。她被允许听《影子》这首歌吗（"罪恶的种子长苦果，谁知道人心里有什么样的恶潜伏？影子知道，呵呵呵呵呵"）？阿伦·杨[1]不是很棒吗？特别是主人公那轻佻的调子唱道："我在这儿，我在这儿，快来快来，快到我的头发里采蔷薇。"这部分不是查理·麦卡锡[2]节目里莫提迈·斯勒得出场时唯一值得一看的地方吗？她能从电视上看到《侦破队》[3]吗？她想听他如何模仿格林·霍内特启动车的声音，这辆由他忠实的菲佣卡托开的车，或者惠斯勒车？那曲调不是很动听吗？

她有没有被叫作"肮脏的犹太人"？

他们陷入了沉默，护士们和金发碧眼的婴儿们重新占领了这世界。

没有父亲会是什么样？

那让你更快成长为成年人。你雕刻了那些鸡仔儿，你在他坐的那个地方坐下。

丽莎听着，布里弗曼平生第一次感觉他自己有了尊严，或者不如说，被戏剧化了。他父亲的死给了他与神秘接触的力量，与未知

---

① 阿伦·杨（1920—2016），好莱坞演员，曾为迪士尼著名卡通形象唐老鸭配音。
② 查理·麦卡锡，由美国演员兼口技表演家埃德加·伯根于1940年代的电视系列节目里创造的一个滑稽木偶。
③ 《侦破队》是流行于1950年代的美国电视连续剧，根据同名广播剧改编。

接触。他可以更有权威地对上帝与地狱发表意见了。

护士们带着孩子们和他们的玩具船离开了。池塘的水面又恢复了平静。查雷特钟楼上的指针已经指向晚饭时分，可是他们仍在谈话。

他们紧握了彼此的手，在夕阳沉落时吻了对方，金色的光透过多刺的灌木丛。然后他们开始朝各自的家慢慢走去，没有牵手，但彼此的身体不时轻轻碰在一起。

在餐桌旁布里弗曼琢磨着自己为什么还不饿。他母亲在大声赞扬着美味的羊排。

16

他们只要有时间就玩起他们最喜欢的士兵与妓女的游戏，也不管是在哪个房间里。他是那个即将从前线回来探亲的士兵，而她是德步莲大街上的妓女。

啪，啪，敲门，门慢慢打开了。

他们握握手，他用食指挠挠她的掌心。

如此，他们共同加入了成人们特意要用法语、用意第绪语、用含混语表达的那些神秘的动作；那些夜总会的喜剧演员经常拿来说笑的被遮掩起来的仪式；那些成人们用来捍卫他们权威的无法接近的知识。

他们的游戏禁止脏话和亵玩。他们对妓院里的龌龊一无所知，谁又真知道里面果真有龌龊之事呢？他们将那些地方看作某种欢乐之地，这些欢乐之地如同蒙特利尔的电影院一样，一概拒他们于门外。

妓女是理想的女人，就如士兵是理想的男人。

"该付钱了吧？"

"美丽的宝贝儿，喏，给你，全拿去。"

17

从七点到十一点是生命中巨大的一块时间，充满了无聊和遗忘。寓言里说我们慢慢地失去了和动物说话的能力，鸟儿们不再降落在我们的窗台，和我们说话。我们的眼睛一旦习惯了景物，它们就开始抵抗惊奇。曾经如同松树一般硕大的花如今变成了栽在陶罐里的东西。甚至恐怖也在消失。幼儿园的巨人们都缩成了坏脾气的老师和人类的父亲。布里弗曼忘掉了他从丽莎的小身子里学到的所有东西。

噢，当他们从床上爬下来用后腿站直了的时候，他们的生命是多么空虚啊。

如今他们渴望获得肉体的知识，可是脱掉衣服是罪孽。所以，他们搜集来色情杂志、各式印有人体的图片，还有学校里的更衣室内藏着的自己制作的色情玩具。他们成了雕像和图画的收藏家。他们对图书馆里那些带有最明白清晰的性器官的插图书烂熟于心。

肉体看起来什么样子？

丽莎的母亲给了丽莎一本内容详实的书，他俩徒劳地在上面找寻最直接的信息。书里有这样的句子："人体上的太阳穴"，这可能是真实的吧，可是它到底在哪儿呢，它的毛发和缝隙在哪儿呢？他们想要一张清晰的图，而不是一张平淡乏味的图，正中心带一个点儿，然后一排兴奋的大字："想想吧！雄性的精子大小比这个图要小一千倍。"

他俩都穿着质料轻薄的衣服。他穿一条绿色短裤，丽莎很喜欢这套衣服的薄质地，她穿了一条他喜欢的黄裙子。这是因为丽莎抒情地强调：

"你明天穿你那条绿色的丝质短裤，我会穿那条黄裙子，这样就更好啦。"

匮乏是诗意之母。

他本来是要订一册色情杂志里打过广告的那一期，广告里说一定会将顾客所需之物用一张平白无奇的褐色牛皮纸包好寄来。可有次他在女佣的抽屉里搜找时，找到了这部小小的看片机。

看片机是法国制造，里面有一卷六十厘米长的胶片。你将看片机对着光，慢慢转动小圆把手，然后什么都瞧见啦。

让我们赞美这卷胶片吧，虽然它已经跟着这个女佣消失在加拿大广袤的土地上了。

胶片上有英文字幕，信息简单而诱人：三十种体位。里面的场景和布里弗曼日后看到的和接触到的精心设计、情节龌龊的色情电影没有丝毫相同之处，这些电影里全是跳来跳去的光着身子的男人和女人。

看片机的胶片里出现的演员都是些很好看的人，都为这样的演艺生涯而幸福。这些演员都不是看起来皮包骨、一股子负罪的绝望的跑龙套的同性恋，为了那些吸烟的绅士，在聚会的场所演的东西；没有在镜头前摆出的淫荡笑容，没有挤眉弄眼，没有故意舔嘴唇，没有用烟蒂、啤酒瓶等对女性性器官进行的性虐，没有让身体摆出精巧却不自然的体位。

每一帧图像呈现的都是柔情和炽烈的愉悦。

这一小卷电影胶片如果能在加拿大的影院广泛上映，大概可以给媒体报纸上经常报道的那些大量存在的琐碎的婚姻注入活力。

你们在哪里，有着高超技能的站街女郎们？国家电影局需要你们啊。你们都在温尼伯①变老了吗？

这部短片显示了美妙的、平等的、普遍的肉体之爱。里面有印度人、中国人、黑人、阿拉伯人，没有人穿着代表他们国家的服饰。

回来吧，女佣，给这个世界的封建主义挥上一鞭。

他俩将看片机对着窗户，把看片机传来传去，神态庄严。

他们早知道会是这个样子。

窗户外可以看到玛瑞公园的斜坡，斜坡延伸穿过繁华的城，下沿到圣劳伦斯河，能看见远处美国境内的山脉。还没轮到布里弗曼看时，他就自己瞎想。为什么人要工作呢？

他们这两个孩子在窗户旁相拥，因为获得智慧而屏息。

----

① 温尼伯，加拿大中西部的一个平原大省。

此时此刻他们可不能莽撞。保不准他人会闯进他们的世界里去。不仅如此，孩子们有高度发达的仪式和程式感。这一点很重要。他们必须决定他们是否在爱。短片里显示的如果真有什么东西，那就是，你得爱才成。他们以为他们是在爱，可是他们想再多给彼此一星期去确认。

他们拥抱了一下，以为这次是他们最后一次衣冠齐整的拥抱。

布里弗曼怎么还可能有遗憾呢？是自然本身插手进来。

那是在星期四的前三天，女佣放假。他们在秘密的幽会地点见了面，在那个公园池塘边的长椅上。丽莎有些害羞，但是她决心要直接又忠实地告诉布里弗曼，一如她的天性。

"我不能和你做这个。"

"你的父母不是不在吗？"

"不是这个原因。昨天晚上我得了**诅咒**。"

她触了触他的手，很骄傲。

"哦。"

"你明白我的意思吗？"

"当然啦。"

他其实一点儿都不明白。

"可是，这个没关系。不是吗？"

"可是我会有孩子的。妈妈昨晚都告诉我了。她什么都给我备好了。卫生纸、我自己用的带子，都备好了。"

"你瞎说什么呢？"

她都在说什么呢？这个**诅咒**听起来就像是给他的欢愉横空而来

的干涉。

"她告诉了我好多东西，就像我们在看片机里看到的东西。"

"你告诉她看片机的事啦？"

这个世界，还有这些人，一个都不能信。

"她发誓了，不会告诉别人。"

"可这是秘密啊。"

"别伤心了。我和妈妈谈了很久，我还告诉了她我们的事。你看，我现在的举止得像个淑女才行。女孩子的举止应该比男孩子成熟一些才行。"

"谁伤心了？"

她朝后靠在长椅上，拉着他的手。

"你不为我感到高兴吗？"她笑起来，"因为我得了这个**诅咒**？就在这会儿！"

18

很快她就置身于成为年轻女人的那些事务中去了。从营地回来以后，她比布里弗曼整整高出一个头儿，厚厚的毛衣都遮不住她隆起的乳房。

"嗨，丽莎。"

"你好，劳伦斯。"

她要去城中心见她母亲，要飞到纽约去买衣服。她穿的那些样式朴素的衣服，让任何一个十三岁的女孩看起来都是鲜活的美，一点儿也不像西山区住的那些犹太人和外族人穿的稀奇夸张的服饰，徒增丑陋。

再见了。

他眼见着她越长离他越远，却一点也不悲伤，只带着惊奇。长到十五岁，她已经是个曼妙的女士，抹了唇膏，偶尔还被允许抽烟。

他站立在他俩曾经相拥的那扇窗户前，看到比他年长的男孩子从他们父亲的车里叫她的名字。他为那片自己曾经一亲芳泽而如今已经能娴熟地叼着烟卷的嘴唇惊奇不已。看到她被那些戴着白围巾的年轻男人引领进超长轿车，看到她姿态俨然坐进车里的样子，看到年轻男人关上车门，脚步轻快地走到前车门，模样庄重地坐上驾驶位；他必须说服自己，在她的美丽优雅里他从来未曾占据过一席。

嘿，你忘了我手指间还残留了一些你的芬芳。

19

阳光房里的毛皮手套。

这间阳光房，不过是与屋后相连的一间封闭式阳台而已，好些年来一直作为冬衣的储藏室。

布里弗曼、克兰兹和菲利普进了这间屋子，也没什么特别的原由。他们透过窗户看着对面的公园和打网球的人。

网球有规律的撞击声，还有一只苍蝇撞击玻璃窗的近乎歇斯底里的嗡嗡声。

布里弗曼的父亲已经去世了，克兰兹的父亲多数时间都在外地，菲利普的父亲可是严厉有加。他不允许菲利普的头发梳成一个又高又直的蓬巴杜式，他得用一种十九世纪的头油将头发抹平才行。

在这个具有历史意义的下午，菲利普在房子里四下张望，他除了一副毛皮手套外还能侦探出什么呢。

他戴上其中一只，然后坐在一堆毯子上。

布里弗曼和克兰兹可都是敏感的孩子，他们都明白这毛皮手套可不是他们行动中的一环。

他们都觉得手套闻起来一股子消毒水的味道。菲利普将它冲到下水道里去了。

"天主教徒会觉得这是罪孽，"他如此教导。

20

布里弗曼和雪儿就在湖边。夜晚的雾气如同沙丘一样在对面的湖岸堆聚。他俩躺在篝火旁的双人睡袋里，柴火是他们那天下午在岸边拾的。他想把一切都告诉她。

"我仍然想。"

"我也是，"她说。

"我读过，卢梭一直到临终都这么做。我猜有一种创造型的人就是这样。他每天劳作，以严格的纪律来保持他的想象力，这样一来，他才觉得亲切如故。没有什么肉体的女人能给他带来那种他自身创作所带来的愉悦。雪儿，别被我说的吓着啊。"

"可那不是让我们完全分离的事吗？"

他们紧握着手，看着夜空里暗处的星星，月光所照之处星星就看不见了。她告诉他她爱他。

一只潜鸟在湖中心疯狂地叫着。

21

自那个黄裙子和绿裤子的特别夏日后，丽莎和布里弗曼就很少见面了。但是那年接下来的冬天，他俩在雪地上扭打在了一起。

发生的这个片段对于布里弗曼来说像是一个镶了黑边的相框，将它和他记忆中的丽莎分开了。

这事儿发生在希伯来语学校放学后。他俩碰巧同一时间回家，在路过公园时遇上了。那几乎是个月圆之夜，月光给雪地洒了一层银色。

光看起来好像是从雪底下传来。他们的靴子踩在雪上，下一层被踩碎的雪看起来似乎更亮些。

他俩试着踩在隆起的雪堆上，同时又不踩碎它们。两人都夹着希伯来语课本，是他们那时候正在学习的希伯来经文。

在雪堆上的行走比赛导致了接踵而来的游戏，他们开始打起雪仗来，又在结了冰的雪堆上彼此推搡，考验对方的平衡力，终于打了起来，开始还是高高兴兴地玩闹，临了却几乎是认真相斗了。

他俩打闹是在一个小丘上，就在一排杨树旁。布里弗曼记得那个场景就像布鲁盖尔的画：两个裹着鼓囊囊冬衣的小小身体纠缠在一处，冰冻的树枝默默地看着他俩之间并不出格的战斗。

打闹到某一点时布里弗曼觉得自己肯定赢不了。他使力要将她推到，可是不够劲儿。他发现自己在下滑。他俩都还各自夹着经书。在最后一次尝试攻击时他失败了，他摔倒了，经书也掉了。

雪并不怎么冷。丽莎站在他上方，带着种奇怪的女性的胜利。他吃了几口雪。

"你得吻一下祈祷书才行。"

如果经书掉在地上，必须要吻一下才合规矩。

"见鬼！我才不干！"

他朝散落在雪地上的经书爬过去，高傲地将它们收拾好，站了起来。

关于那场相斗，布里弗曼记得最清晰的是寒冷的月光和凛冽的树，还有失败带来的羞辱，这羞辱，既痛苦又不自然。

22

他读着他能读到的关于催眠术的一切书籍。他把这些书藏在窗帘后面，晚上用手电筒照着研究。

这才是真正的世界。

有一篇很长的章节，讲如何给动物催眠，书里好些可怕的图片，比如那些被催眠了的眼睛像玻璃一样的公鸡。

布里弗曼想象自己是一个好战的圣弗朗西斯，用他的鸡鸭牛羊组成的皇家军队来统治这个世界：灵猿是他顺从的总督，一大群鸽子准备好了用自杀方式抵抗敌机。一群鬣狗做保镖，胜利之日就用夜莺的欢唱来庆祝。

他家的狗托瓦瑞奇①（这名儿是在斯大林和希特勒签署协议之前给起的），那会儿正睡在午后阳光下的门道里。布里弗曼蹲下来，拿着一个用一枚银元做成的钟摆在狗面前晃来晃去。这只狗睁开了眼睛，嗅了嗅，证实这不是吃的之后，又睡过去了。

可能保证这是自然睡眠吗?

邻居家有条杂交的德国猎犬叫法国白兰地。布里弗曼在这条猎犬金色的眼睛里寻找那个听话的奴隶。

结果成功了!

或者只是因为那个溽热的懒洋洋的下午?

他得翻过栅栏才能接近丽莎养的那条猎狐犬，就在这狗离它那碗狗粮几英寸远的地方，布里弗曼将它催眠在一个蹲坐的姿势上。

丽莎的狗啊，你会被很多人喜爱的。

在第五次成功催眠之后，拥有黑暗之力的喜悦之情让他在林荫大道上大笑着盲目地奔跑。

---

① 托瓦瑞奇，俄语，"同志"之意。1939 年 8 月，纳粹德国的外交部长受希特勒之命，前往莫斯科与彼时苏联的外交部长签署了一项协议。此后，波兰领土以维斯杜拉河为界，西部为德国接管，东部为苏联接管，协议长达十年。

整条街的狗都被催眠了！整座城市毫无防范地在他面前展开。每栋房子里都有他的人。他只要吹个嗯哨就行。

也许可以封一个省给克兰兹。

想想吧，就一个嗯哨的事儿。可是，用这种粗略的方法去探查他的美好愿景毫无意义。他把手放进口袋里，带着他革命的秘密飘飘然回家了。

23

在他成年的早期，那可是个黑暗年代。他比他的许多朋友都几乎矮了一个头儿。

当他在他的成年礼上唱歌时，得站在凳子上才能看见教徒们，为此感到羞辱的，可不是他，而是他那些朋友。他才不在乎他如何面对那群人，这座犹太教堂可是他祖父一手建立的。

矮个儿男孩似乎只能约更矮个儿的女孩出去。这是约定俗成的。他可熟悉他心仪的那些高个儿的局促不安的女孩，其实，只要会说故事、能聊天，就能很容易让她们放松。

朋友们坚持认为他的个头是个可怕的不幸，他也就相信了。他的朋友们用皮肉和骨头的尺寸说服了他。

朋友们的身体是如何生长的，空气和食物如何对他们起作用，这对于他是个不解之谜。他们是如何和这个宇宙花言巧语的？为什么上天偏偏瞒着他呢？

他开始将自己想成一个小小的密谋者，一个狡猾的侏儒。

他狂热地下功夫在他的鞋上。他把穿过的一双旧鞋鞋跟弄下来，钉接在他正穿着的这双鞋鞋跟上。橡胶鞋跟用钉子钉接，这玩意儿可穿不长。他走路时得小心注意才成。

他的房子下有间很深的地下室，通常是炸弹制造者和社会混乱制造者的理想制作间。

他就这么站在地下室，凭空增高了两厘米，他心里充满了羞辱和计谋成功的复杂情绪。什么都比不上用脑啊，嗯？他高兴地在水泥地上旋转起来，然后跌了个狗啃屎。

他已经全忘了几分钟前的绝望之情。他跌疼了，坐在地上，抬头看着灯泡，这绝望之情又回来了。让他摔倒的那只断了的鞋跟就躺在一尺来外的地上，像只啮齿动物似的，向外戳出的钉子如同磨尖的牙齿。

离聚会只有十五分钟了。所以玛芬就和一群年长些的、高一些的男孩子出去了。

有传闻说玛芬在她的胸罩里垫了好些面巾纸。他也决定这么做。他很小心地将面巾纸层层叠起来放进鞋子里，把鞋跟垫得几乎到了和皮鞋后跟边缘同等的高度。然后他将裤腿放低了。

在水泥地上连转了几圈之后，计谋成功，他很满意。恐慌消解。科学又一次胜利。

安装在可笑装饰里的霓虹灯照亮了天花板，镶着镜子的吧台上摆着些惯常的装饰小酒瓶和小玻璃物件。一边墙放着一溜高背椅子，墙上画着一幅混合着各国饮酒者的彩色壁画。布里弗曼一家并不喜欢这地下室的装修。

他大约和同伴舞了一个半小时，然后他的脚开始疼起来。面巾纸在他的脚弓处扭在了一起。在连跳了两个吉特巴之后，他几乎都不能走了。他去了趟洗手间，试着将面巾纸将平，可是面巾纸早已纠结成了坚硬的一团。他想干脆就扔了它，可是他想到了舞伴看到他无端矮了一节之后惊讶恐怖的神情。

他将脚半伸进鞋里，然后将纸团放在他的脚后跟和鞋的内垫之间，强行踏进去，又系好鞋带。他的脚踝处一阵锐疼。

"兔子跳"的那段舞几乎让他昏了过去。站在那一列队中间，他的手挽着舞伴的腰，舞伴挽着他的腰，他被挤在中间，音乐又闹，节奏又不断重复，每个人都念着一，二，一二三，他的脚因痛失去控制，他想地狱肯定就是这样：带着酸疼的脚跳着永恒的兔子跳，永远都不能停下。

她胸罩里衬着面巾纸垫，我后跟里衬着面巾纸垫，哦，这该死的舒洁公司！

有只霓虹灯在不停地闪。墙里有疾病。也许，那群跳来跳去的人每一个都戴着面巾纸做的支撑物。也许有人戴着面巾纸鼻子，有人戴着面巾纸耳朵，有人戴着面巾纸的手。他一下子兴致消沉起来。

那会儿响起他最喜欢的那首歌。他想和玛芬挨着跳舞，闭上眼，挨着她刚洗过的头发。

……我唤作'我的姑娘'的她，

穿着镶了蕾丝的细棉衣服，香气蕴然。

可他几乎无法站立。他得不停地将身子的重量从一只脚移到另一只，这样疼痛似乎能减轻些。通常这身体的移动都不在音乐的节奏点上，给他已经蹩脚的舞技平添了一股呆笨样子。因为他笨拙的移动，让他必须更紧地贴在玛芬身上，以保持他的平衡。

"在这儿可不成，"她在他耳边低语，"我爸妈要很晚才回家。"

即便这个让人愉快的邀请也不能减轻他的疼痛。他紧贴着她，慢慢舞着移到人多的地方，这样一来，他也就有理由不用大幅度舞动了。

"嘿，拉瑞！"

"动作不慢嘛！"

即便在这群年纪稍长比较老练的年轻人看来，布里弗曼也和舞伴近得太邪乎。他接受了因疼痛引起的这种浪荡不羁的角色，开始轻咬她的耳朵，然后听见她低声说耳朵被咬着了。

"关掉灯！"他对着这恣意的一群人直吼。

他们从聚会处往外走去，如同巴丹岛上被俘的美军①一样走着。他们彼此挨得很近，他因疼痛而麻木的步伐看起来倒像是一种亲密的表示。在爬上小山丘的时候，鞋里的面巾纸又滑到了他的足弓下面。

----

① 二战期间，在菲律宾巴丹岛一役中战败的菲律宾和美军战俘在日军的强迫下迁徙前往另一地点，在一百余公里的迁徙中因为受到日军的残暴虐待，千余战俘死亡。

这座城市河流上的雾天信号喇叭声传到了维斯特蒙，这声音让他打了个冷战。

"玛芬，我得告诉你件事儿，然后你也得告诉我。"

玛芬不想坐在草地上，怕弄坏了裙子，不过，她也许是怕他从此就常约她出去。她会拒绝的，可这是个多么美好的聚会啊。要对玛芬承认的这件事让他有点喘不过气来，他的担心里又夹杂着些爱意。

他费力脱掉鞋，掏出卷成一团的面巾纸，将这团纸像个秘密似的放在她腿上。

玛芬的噩梦这才刚刚开始。

"现在把你的也拿出来吧。"

"你胡说什么呢？"她用一种威严的声音命令着，这种威严的声音连她自己都有些吃惊，因为听起来很像她的妈妈。

布里弗曼指向她的胸。

"别难为情了。你也拿出你的来吧。"

他伸向她的上端纽扣，他的脸被他放在她腿上的那团面巾纸砸中了。

"滚！"

布里弗曼决定让她跑开，她家离这儿也不算远。他扭动着脚趾，揉着脚底。他毕竟没有进这兔子跳的地狱，即使进了，也不是和这群家伙。他将面巾纸扔进排水沟，拿着鞋，一瘸一拐地回家了。

他又绕道去了公园，在潮湿的地上奔跑，直到眼前看到的风景让他停住了脚步。他将鞋子如同一个整洁的中尉那样齐整地摆在脚边。

他看着在暗夜里延伸的植物的绿色、城市的肃穆灯光，还有圣劳伦斯河面单调的微光，满怀敬畏。

城市是伟大的成就，桥梁是美妙的建造。然而城市的街道、港湾、尖锐的石头最终都在群山和天空的环抱之中消失了。

被卷入这神秘的城市的机能和黑色群山之间，让他的脊椎骨一阵发凉。

父啊，我是无知的。

他会掌握这座城市的规矩和技能：为什么会选择单向街，股市如何运作，公证人如何行事等等。

如果你掌握事物的真实之名，这就不是一场地狱般的兔子跳。他会去研究树叶和树皮，去参观采石场，就像他父亲曾做的那样。

再见了，面巾纸的世界。

他穿好鞋，走进灌木丛，翻过那道将他家和公园分开的栅栏。

被如同风暴留下的乌云布满了的天空，遮掩了他的行动。他进入的这座房屋如同博物馆一样重要。

24

克兰兹一向以狂野不羁闻名，经常有人看见他嘴里同时叼着两根烟，在西山区不知名的大街上晃荡。

他三角形的脸，身子瘦削结实，几乎是东方人的眼睛。他家餐厅里有幅他的画像，他母亲常给客人们津津乐道地提及这幅画像出自一位给总督画像的艺术家之手。画像里是个长了对尖耳朵的小精灵似的男孩儿，黑色鬈发，罗塞蒂风格的蝴蝶般的唇，带着股好性子的高贵神情，有些疏离（在那个时候就有了）的平静，如此平静，几乎不惊扰任何人。

一天晚上，两人坐在某个人家的草坪上，两个读《塔木德经》的犹太男孩，因辩证的讨论而神采奕奕，这是因为爱的伪装。那可是场热烈的讨论，是一个男孩子发现自己并非独自一人时高兴的言说。

"克兰兹，我知道你不喜欢这样的提问，可是如果你不介意做一个随意声明，我真是会感激不尽。就你所知，我的意思是，就你所掌握的知识而言，在这个世界上有没有人比得上加拿大总理的无趣？"

"拉比斯沃特先生？"

"克兰兹，你真认为拉比斯沃特先生，这个人物，众所周知，并不是弥赛亚，甚至连拯救日的小信使都算不上。你真认为拉比斯沃特先生能和我们国家领导人的极端无趣比肩吗？"

"是的，布里弗曼，我真这样认为。"

"克兰兹，我猜你也有你的道理。"

"当然了，布里弗曼，你知道我有道理。"

这个地球上曾有过巨人。

他们发誓不被加长轿车、银幕上的爱情、红色威胁[1]，或者

---

① 冷战中美国将苏联称为"红色威胁"。

《纽约客》杂志所愚弄。

这些未被标注的坟墓里的巨人。

好吧，人们如今都不用忍饥挨饿，传染病也得到控制，经典著作和漫画书一样触手可及，可是，这些过时的老旧的，人们所认为那些过时的老旧的真实、真理和乐子呢？

时装模特不是他们认为的优雅，炮弹不是他们认为的权力，休息日礼拜也不是他们认为的上帝。

"克兰兹，我们真的是犹太人吗？"

"布里弗曼，据说是这样的。"

"你感觉像个犹太人吗，克兰兹？"

"完完全全的。"

"你的牙齿感觉像个犹太人吗？"

"特别是我的牙齿，更别提我的左睾丸了。"

"我们这会儿最好别开玩笑，我们刚才说的让我想起那些集中营。"

"是这样。"

他们难道不应该成为一群圣洁的人，奉献给至纯、服侍和精神上的忠诚吗？难道他们不是被分离出去的那个国家吗？

为什么这个被忌妒地护卫着的神圣理念退化成了对外族人的暗中蔑视以及自省的缺乏？

父辈们都是叛徒。

他们将命运出卖给在沙漠里建成的那个以色列国。慈善成为一种社会竞争，没有人给出他们真正需要的东西，如同扔一枚便士一样，他们的奖章就是他们的财富得到众人认可，在捐献簿里他们的位置高高居上。

这些自鸣得意的叛徒，相信他们已经得到了精神上的完善，就因为爱因斯坦和海菲兹是他们的族人。

只要他们找对姑娘就成。然后他们就可以奋力拼出那片沼泽。可不是这些胸罩里垫了面巾纸的姑娘。

布里弗曼常琢磨着他和克兰兹两人到底有多少回开车驶过或徒步走过蒙特利尔的那些街道，寻找上天注定给他们的女性同伴。炎热的夏夜里他们在拉封丹公园里混在那堆群氓中，热烈地注视着那些年轻姑娘的眼睛，他们很肯定有两个美丽姑娘会在任何时间离开那群人，过来挽着他们的手臂。克兰兹驾着他父亲的别克轿车，小心驾驶在城市东头两旁堆着积雪的狭窄小街上，彼时正遇暴风雪，车子开得像爬一样，他们肯定会有两个冻得瑟瑟的身形出现在车门外，怯怯地敲着结霜的车窗，那就是她们了。

如果他们在环形过山车上坐对位置，姑娘们的头发就会轻抚他们的脸。如果他们在某个周末去城市北边滑雪，只要选对了宾馆，他们一准能听见姑娘们在隔壁房间里换衣服的声音。如果他们沿着圣凯瑟琳大街一连走上十二公里，不定能遇上谁。

"布里弗曼，咱今晚能开那辆林肯。"

"好极了！到时城中心的人会多得要命。"

"好！我们可以开车转转。"

他们就这么开车四处转悠，克兰兹这辆车的座位那么大，两人几乎是完全陷进座位里，活像那些追姑娘找乐子的美国游客，直到每个人都回了家，街道变得空荡起来。可是他们仍然开车四处转着，想着他们中意的姑娘可能会喜欢在无人的街道上晃荡，直到到了某个钟点，他俩都意识到姑娘这会儿是肯定不会出现了，这两人就开车围着幽暗的圣路易斯湖不停地绕圈。

"克兰兹，你觉得溺水会是什么感觉？"

"据说才喝了几口水就会晕菜。"

"到底是喝了多少水之后？"

"反正在浴缸里也能淹死。"

"克兰兹，一杯水都能淹死。"

"布里弗曼，一块湿布就能淹死你。"

"用蘸水的纸巾就成啊。嘿，克兰兹，这是个杀人的好办法，用水。你抓个人，用眼药水滴他，一次就一滴。人们会发现他溺死在他的书房里。一个大谜团啊。"

"行不通的，布里弗曼。你怎么让他不动弹呢？他身上准会留下青紫痕迹或者绑索的印痕。"

"可如果行得通呢？人们发现这个家伙瘫在书桌上，没人知道他怎么死的。结果验尸报告一出来：此人系淹死。可是他有足足十年连海边都没去过。"

"德国人在酷刑中可是用过很多水的。他们会把水管子通到人的屁眼儿里逼供。"

"好极了，布里弗曼。日本人也干这个。他们会让人吃很多生米，然后让他喝下三升水。胃里的生米就会胀开，然后——"

"好了好了，我听过这个。"

"可是，布里弗曼，听听最残酷的一种吧。这可是美国人想出来的。你听好了，他们从战场上抓到日本士兵，强迫他们吞下五六颗来复枪的子弹。然后他们强迫这个俘虏又跑又跳。子弹就在他的胃里爆炸，他会死于内出血。这可是美国士兵想出来的。"

"那把婴儿朝空中扔，然后用刺刀接住，这个怎么样？"

"谁干的？"

"双方都干过。"

"这没什么，克兰兹，他们在《圣经》里就这么干过。'将婴儿扔向岩石者将无比快乐。'"

无数次谈话，布里弗曼大概记得其中大多数。他们谈彼此的特性、恐惧和让他们惊奇的事物。这些东西现在他们还是有。随着年岁渐长，他们的恐惧成了精神上的，他们的特性成了性欲上的，让他们惊奇的事物则成了宗教上的。

他们就这么谈着，车子已经穿过高低不平的乡村大道，唱机里的查理·巴内特唱着他的渴望，两人开过了边水镇，开过了枫叶镇。圣路易斯湖的险恶之潮翻涌，声音盖过了游艇俱乐部里某个水性不熟的水手的丧钟。往返于蒙特利尔边远地区和城区的人们闻到他们带来的冷冽的新鲜空气，沿途出现的等候的父母们让他俩的谈话更加愉悦宜人。在他们神魂颠倒的辩证讨论中，那些似是而非的东西、两人尚不能理解的障碍和问题都消解了。

嘿！没什么做不到的。

25

位于斯丹利大街下方的"金宫"舞厅里，一只镶着小镜片的旋转圆球悬挂在天花板的正中，在四面墙上投下点点斑迹。

每面墙看起来都像一块正在腐败的巨大的瑞士奶酪。

在升起的台面上，一个乐队的几位头发闪亮的乐手站在一座沉重的红白相间的乐台后面，正演奏一首标准乐曲。

只除了一个地方适合我

靠近你

靠近你

如同天堂

乐曲的回声冷清地落在稀稀落落几个跳舞的人身上。布里弗曼和克兰兹到得太早了些。不大期望奇迹会发生。

"咱们选错了舞厅，布里弗曼。"

到了十点钟，舞厅里挤满了服饰抢眼的一对对舞伴，从楼上的阳台往下看，他们的摇摆和跳动似乎全然由有节奏的音乐声鼓舞，他们像减震器一样让乐曲声低沉了些。贝斯、钢琴和有规律的鼓刷声似乎悄然无声地进入了他们的身体，在他们体内形成律动。

只有那个小号手，从话筒处向后弯着身子，用小号对着旋转的镜球，在烟雾缭绕的空气中吹奏出一个尖锐的叫喊，余音不断，从不停摇摆的人们的身体上形成一股盘绕的获救之绳。等合唱重新开始时，这余音缭绕的小号声才消散。

"这回舞厅选对了，克兰兹。"

在他们四处徘徊的那些日子里，这两人很是蔑视不少公众的聚会活动，可是他们倒没有蔑视"金宫"这地儿。它太大了。一千来个人深深沉浸在求爱的仪式里，这可不是肤浅的。纷乱的灯光横扫过他们陶醉不变的脸，他们闭着琥珀色、绿色、紫罗兰色的双眼。他们难免被深深触动，汇集在一处的暴力和众人出于自愿组织在一起，这两者让众人心醉神迷。

布里弗曼在阳台上暗自思忖：为什么他们会跟随音乐起舞，完全听从音乐的授意？

在乐曲开始时，众人在舞池里随着节奏或快或慢地舞着，乐曲结束时，众人又分散成混乱状态，如同被地雷爆破的军团。

"克兰兹，是什么让他们这么听话？为什么他们不把整个乐台拆成碎片？"

"我们下去吧，找几个女人。"

"就快了就快了。"

"你在呆看什么？"

"我在谋划一个灾难。"

他们默然看着跳舞的人们，似乎听到他们父母说话的声音。

这些跳舞的人是天主教，是加拿大籍法国人、反犹太者、反英者、好战的人。他们把一切都告诉牧师，他们害怕教会，他们在充满蜡烛味的、发霉的、被弃的脏兮兮的拐杖和矫形器的神龛里跪下来。他们中的每一个人都在某个犹太人开的工厂里工作，他们仇恨这些犹太人，并伺机复仇。他们因为每天都喝百事可乐，吃着梅·怀丝特在电影里常吃的那种巧克力蛋糕，长了一嘴的坏牙。他们中的女孩子们要么给犹太人当女佣，要么在工厂做工。她们服饰的颜色通常过于俗丽，你能透过轻薄的衣料看到她们的胸罩带，她们头发拳曲，抹着廉价香水。他们像长腿野兔一样乱搞，然后在忏悔时获得牧师的宽宥。他们是群氓。给他们个机会，他们就会烧掉整座犹太教堂。百事可乐。青蛙。法国人。

布里弗曼和克兰兹知道他们父母都是心地偏执的人，他们想试着改变他们的观念。他们没有成功。他们想加入这活力四射的人群里，可他们又感到在这些人的乐子里有些不洁的东西，这些在女舞伴胸前臀后摸来摸去的男人，他们的狂笑声。

这些女孩子可能很美，可她们都有假牙。

"克兰兹，我相信在这儿我们是仅有的两个犹太人。"

"不，我几分钟前还看见几个打着黑色领带的家伙在寻姑娘上手呢。"

"好吧，我们是唯一来自西山区的犹太人。"

"贝尼也在这儿。"

"呃，克兰兹，我是唯一一个来自永青大道的犹太人。得用这个干点儿什么吧。"

"好吧，布里弗曼，你在'金宫'是唯一一个来自永青大道的犹太人。"

"区别很重要。"

"我们去找些女人吧。"

主厅的其中一个门口聚集了些年轻人。他们说着法语，热闹地争论着，彼此推搡着，互相拍打着对方的背，用可乐瓶彼此喷射。这两人走进这群人，很快调控住了喧闹的场面。说法语的男孩们往后退开了些，他俩邀请了他们看中的女孩。他俩也试着说法语，但他俩的口音骗不了谁。女孩们彼此交换了眼神，又看了看聚会的成员。其中一个法国男孩落落大方地将手放在布里弗曼看中的那个女孩肩上，将女孩推向布里弗曼，同时在他的背上掌了一记。

他们跳得有些僵硬。她的嘴里戴着牙套。他很有把握自己今晚可以整晚闻着她的体香。

"你常来这儿吗，伊薇特？"

"有时来，找乐，你知道。"

"我也是。我也是①。"

他告诉她他上高中，没有工作。

"你是意大利人？"

"不是。"

"英国人？"

"我是犹太人。"

他没有告诉她他是唯一一个从永青大道来的。

"我的几个兄弟都替犹太人工作。"

_____

① 此处是法语。

"噢？"

"他们是好雇主。"

这舞跳得很不让人满意。她并不如何吸引人，可是她种族上的神秘让他充满了探究的兴致。他将她交还给她的朋友们。克兰兹这会儿也跳完舞了。

"你的舞伴如何，克兰兹？"

"我不知道。她不会说英语。"

他们又待了会儿，喝着橘汁汽水，靠着阳台的栏杆对着下方舞动的人群评头论足。空气里充满了烟雾。乐队要么奏着疯狂的吉特巴，要么是慢吞吞的狐步舞，就是没有这两者中间的节奏。每支舞曲结束时，人群都不耐地等着下支舞曲的开始。

时间已经很晚了。姑娘们和小伙子们各自一溜排开，不再盼望奇迹发生。他们顺着三面墙排开，漠然看着拥挤的兴致勃勃跳舞的人。有些女孩子已经开始拿上大衣准备回家了。

"克兰兹，她们的新大衣真是毫无用处。"

从阳台上看，舞池里舞动的人群开始变得恣意疯狂起来。很快小号手就会用他的号角对准弥漫的烟雾，吹奏一曲霍克·卡迈克尔[1]，然后舞会就结束了。乐队演奏的每个音的悸动都朝向夜的尽头和全然的沉默，紧贴在一起的脸颊和闭上的双眼都沉浸在梦幻的曲调里。众人在这布吉乌吉[2]的乐曲声里像获取神赐之食一般获取

---

[1] 霍克·卡迈克尔（1899—1981），美国作曲家、钢琴家、歌手。

[2] 布吉乌吉，1930—1940 年代流行于美国黑人中的蓝调。

营养，乐曲揉捏着这群一会儿舞在一处，一会儿又舞动开去的人群。

"布里弗曼，咱们再下去跳一个吧？"

"还和同样的女孩儿？"

"这又何妨呢？"

布里弗曼将身子再次探过栏杆，想象他自己这会儿正对着下方黑压压的跳舞的人群发表一场歇斯底里的演说。

"……朋友们，陌生人，你们必须得听着，我将一代人和另一代人紧连在一起，哦，你们这些来自无名街道的人，那里有狗吠声、汽车声和鲜血，你们长长的楼梯像藤蔓一般缠绕我的心脏……"

他们走下楼，又找到了那群人，同样的姑娘。他们马上明白了这是个错误。伊薇特走上前似乎要告诉布里弗曼什么，然而其中一个男孩儿将她拉了回去。

"喂，你们喜欢姑娘啊？"那个聚会里大摇大摆的人说，他脸上的微笑更多的是胜利，而不是友好。

"我们是喜欢。有什么不对吗？"

"你住哪儿，还有你？"

布里弗曼和克兰兹知道他们想听什么。西山区由一片大石头房子组成，山顶四周绿树成荫，就是为了羞辱这些无特权者。

"西山区，"他俩同时说。

"你们西山区没这样的姑娘吗，你们？"

他们没机会回答。他们身后的一群合谋者早伏好了等着，在他们向后倒下的最后一刻他们看见了众人彼此示意的眼神。领头的那个和他的一个伙伴向前一步狠推了他俩一下。布里弗曼失了平衡朝后倒下，他身后的一个人又推了一下，他的后倒就成了前翻，他腹部着地狠狠地摔在地上，摔倒时身体碰到了几个女孩子，她们尖叫起来。他抬头见到克兰兹站着，他的左拳打在某个人的脸上，右拳正准备出击。他刚想站起来，一个胖男孩一下趴在他身上。

"待在那儿，该死的犹太人！"

布里弗曼在层层人肉下挣扎，他倒不是想打败这个胖子，而只想脱身出来，站在一个更有尊严的位置上战斗。他终于挣脱了出来。克兰兹在哪儿？

大概有二十来个人扭打在一起。男孩子们都在地板上扭打成一团，女孩子们踮着脚，好像怕老鼠似的。

他四处张望，寻找机会出击。那个胖男孩此刻正将另一个压倒在地。他朝一个陌生人打了一拳。他感到自己是历史浪潮中的一滴，无名的，兴奋的，自由自在的。

"噢，小朋友们，嘟嘟，布鲁鲁，黝黑的斗士，变变变！"他快乐地大叫。

有三个看场保镖冲下楼，他们最担心的事情发生了。扭斗已经蔓延到舞池。乐队还在继续吹奏嘹亮而梦幻的曲调，但是已经能听见一阵失控的嘈杂声。

布里弗曼朝着每一个人挥着拳头，却没打到几个。这几个看场保镖就在他近旁，正忙着拆散几个扭打在一处的人。在大厅内较远的一端，舞伴们还在亲密安静地舞着，而布里弗曼这边的舞伴们则挥动着手臂、盲目地莽击、猛冲，女孩子们仍在尖叫。

看场保镖们继续在维持秩序，像有强迫症的管家对付一摊巨大的正在蔓延的污渍，拎着打架者的衣领将他们扯开，一边朝着打得乱哄哄的舞池里走去，一边将打架的人们推开。

一个男子跑上演奏台，冲着乐队领队大喊了些什么，领队四周望望，耸了耸肩。明亮的灯光继续闪耀，五颜六色的墙壁消失了。音乐停止了。

每个人都醒过来。一个像国家默哀日上才有的哭号声响起来，与此同时，扭斗如同熵的分子一般蔓延到大厅。亲眼看见这跳舞的众人变成一群扭打在一处的人，好似看着一群高度有组织的动物屈服于肌肉的抽搐。

克兰兹一把抓住布里弗曼。

"是布里弗曼先生吗？"

"是克兰兹工厂，我猜。"

他们朝前方出口走去，那里已经挤满了想离开这场混乱的人。没人在意他的外衣。

"别说这个，布里弗曼。"

"好吧，我不说就是了，克兰兹。"

他们离开的时候警察刚到，大概有二十几个人，几辆警车，他们带着让人不可思议的轻松走了进去。

这两人在林肯车的前排座位里等着。克兰兹夹克上的翻领不见了。"金宫"开始清场。

"布里弗曼，那里面的人真可怜。这个还不能说。"他看见布里弗曼表现出一副神秘的神情时，又很快加了一句。

"我不会说的，克兰兹，其实我在阳台上就计划好了这发生的一切，用群体催眠的简单方式完成了。这个，我都不会悄声提及。"

"呃，你一定得说吗？"

"我们被嘲弄了，克兰兹。我们擎住了腓力士人的宗庙立柱，让它倒塌了。"

克兰兹表现出一种夸张的厌倦，动了动身子。

"说吧，克兰兹，如果你非得说的话。"

26

他非常想听见希特勒或者墨索里尼在他大理石的阳台上咆哮；他想看见党徒们把他头朝下吊起来；他想看见冰球赛的观众私刑绞死球赛管理员；他想看见黑人和黄皮肤的亚洲人在他们的殖民敌人的小小前哨干了个平手；他想看见哽咽的国民向下巴强硬的修路工人欢呼；他想看见足球迷们扯出球门柱；他想看见那场著名的大火中看电影的众人慌乱中踩踏在蒙特利尔的孩子们身上；他想看见五十万民众起身向他们自己敬礼；他想看见清真寺里礼拜的众人臀部一齐朝西；他想看见圣坛上的圣餐杯在"阿门"的齐声赞颂中震动。

这些就是他想去的地方：

在大理石的阳台上

在记者席上

在放映室里

在观看席上

在清真寺的光塔上

在圣洁之中的圣洁里

　　在每一个他想看到、听到的场所中他都希望被这些警察护卫着，这些用钱能买到的、装备精良的、眯着眼的、无法无天的、忠贞不贰的、身材高挑的、穿着皮衣的、被技术洗脑的警察。

27

　　还有什么比弹着鲁特琴的女孩儿更美的吗?

　　这不是鲁特琴。希瑟，是布里弗曼家的女佣，她尝试过弹奏四弦琴。她来自阿尔伯塔省，说话老带着鼻音，总是哼唱着挽调，要么一会儿真嗓一会儿假嗓地哼着约德尔调①。

　　琴弦太糙了。布里弗曼握着她的手，明白了这弦磨糙了她的手指头。她知道所有的牛仔明星，还用东西去换他们的亲笔签名。

　　她是个好看的二十来岁身体强健的姑娘，颧骨的颜色鲜明，跟

---

①　源于瑞士阿尔卑斯山的一种民间小调。

瓷娃娃一样。布里弗曼选中了她作催眠的试验。

一个名符其实的加拿大农民。

他试着让这个试验听起来很诱人。

"你醒来后会感到美妙无比的。"

好吧，她眨眨眼，在地下室塞得满满当当的储藏室里的沙发上坐下来，一心指望能成功。

他把那支黄色铅笔在她眼前像钟摆一样晃动着。

"你的眼皮会感到沉重，像压在颧骨上的铅一样……"

他把铅笔大约来回摇晃了十分钟的样子。她大大的眼皮变得沉重缓慢起来。她的眼神吃力地跟着摇晃的铅笔。

"你的呼吸规律而沉重……"

很快，她叹了口气，再次深呼吸，像个劳作后精疲力竭的醉汉一样。

现在她的眼睫毛几乎停止晃动了。他对自己在这个姑娘身上引起的变化不能置信。也许她是在和他开玩笑吧。

"你现在向后仰倒。你感觉到自己的身子很小，朝后仰倒，身体越来越小，除了我的声音外你什么都听不见……"

她的呼吸柔和起来，他知道她的呼吸闻起来就像风。

他感到自己的手就在她的衣服下面，在她的皮肤和肋骨下，在操纵她的两叶肺，他感到它们摸起来如同丝质的球。

"你睡着了。"他低声命令着。

他不敢置信地抚摸着她的脸。

他真成了大师啦？她肯定是在和他开玩笑。

"你睡着了？"

一阵悠长的呼吸给出肯定的回答，回答声嘶哑而模糊。

"你什么也感觉不到。没有任何感觉。你明白吗？"

同样，一阵悠长的呼吸给出肯定的回答。

他用一根细针穿过她的耳垂。他为自己拥有的力量而感到眩晕。她所有的能量都由他任意支配。

他想拿着一只铃铛在大街上奔跑，唤醒这愤世嫉俗的城市。这个世界上从此多了一位新魔术师。

他对被针头穿过的耳朵毫无兴趣。

布里弗曼认真研究学习过这些书。催眠这件事儿和他清醒的时候所认为的粗鄙不当之事没有关系。可是做这件事要有方法。比如一个端庄的女子也能受引诱，在男性观众的面前褪掉衣服，如果催眠师能够示意这样的行为是可以自然而然表现的，就如同在她自己家里沐浴，或者在一个湿热无人的地方裸着身子在太阳下休憩一样。

"天很热，你从来也没觉着这么热过。你的毛衣似乎有几吨重。你汗如雨下……"

她脱衣服时布里弗曼一直在想着他早已烂熟于心的那本《催眠指南手册》。线描的狂热的男子朝微笑而熟睡的女人探过身子。电流从沉重的眉毛下发散出来，或者从他们不断颤动似乎在弹钢琴的手指下传来。

哦，她真的是睡了，她是如此可爱。

他从未见过一个女人裸得如此彻底。他的手在她的身体上四处游走。他在这个宇宙所有的精神权威前，又震惊又快乐又害怕。他没法不去想自己正在进行的是一个黑色弥撒。她躺在那里，乳房平得有些奇怪。她的三角处真让人惊奇，他惊奇地用手拢住。他抚摸遍了她的身体，手颤抖得就像探雷器。然后他往后坐了坐，凝视着这身体，如同科尔蒂斯①凝视着他刚发现的新大洋。这就是他等了这么久想要见到的。他那时就从未对此失望过，后来也从未失望过。钨丝发出的光芒就如同月光。

他解开裤子前裆，告诉她此刻她手里拿的是一根棍子。他的心跳得那么强烈。

催眠试验带来的解脱感、成就感和负罪感等混合在一起的感受让他狂喜不已。他的衣服上有精液。然后他告诉希瑟闹钟刚响过。这是早晨，她该起床了。他将她的衣服递给她，她慢慢穿上。他告诉她她不会记得任何事情。他很快将她带出了睡眠状态。他想独自待着，细细咀嚼他的胜利。

三小时后他听到地下室传来一阵笑声，他刚开始以为是希瑟在招待她的客人们，后来他听得仔细了些，发现这不像是与朋友社交时发出的笑声。

他赶紧跑下楼。谢天谢地他母亲这会儿不在家。希瑟站在地板上的正中央，腿张开着，身体因发出恐怖的、歇斯底里的大笑而抽搐着。她的眼睛向上翻进去，露出眼白来，她的头朝后仰着，看起来要倒下去的样子。他猛烈摇晃着她的身体。没有反应。她的笑声

---

① 埃尔南·科尔蒂斯 (1485—1547)，西班牙殖民者。

剧烈，以致她大声咳嗽起来。

我使她发疯了。

他猜测着这种罪行将受到的惩罚，他因为非法的性高潮和他邪恶的力量受到惩罚。他是不是该请个医生来，马上公开他的罪过？有谁知道如何可以治好她？

他领着希瑟到了沙发边让她坐下，几乎惊慌失措。也许应该把她藏在壁橱里，或者将她锁在行李箱里，然后把这件事忘在脑后。他父亲名下的那些大轮船，上面用白漆印着父亲名字的缩写。

他给了她两巴掌，其中一次掌心掌背都用上了，和盖世太保的审讯一般。她的呼吸平息下来，脸颊起了红潮，又消退了，然后她开始口沫横飞地边咳边笑，下巴上都沾了唾沫。

"安静，希瑟！"

让他吃惊的是，她居然抑制住了咳嗽。

直到那时他才意识到她其实仍处在被催眠的状态中。他命令她躺下，闭上眼睛，又重新给她催眠。她睡得很熟。他刚才是将她带出得太快了，没有起作用。这次他慢慢地将她唤醒，完整恢复到清醒的状态。她将精神焕发，心情愉快，什么都不记得。

这回希瑟恢复得很正常。他和她聊了会儿天，确认她已完全恢复。她带着一种困惑的神情站起身来，拍了拍她的臀部。

"嘿！我的内裤！"

她的下摆配有松紧带的粉红短裤撂在沙发和墙壁之间。她穿衣时他忘了递给她。

她端庄熟练地穿上短裤。

他等待着异样的惩罚，主人的羞辱，他居住的这所高贵之屋的坍塌。

"你都干了些什么呢？"她轻抚着他的下巴，意味深长地说着。"我睡着那会儿都发生了什么？嗯？嗯？"

"你都记得些什么？"

她将双手放在臀上，朝他大笑的。

"我从来没想到这事儿真能做成。从没想过。"

"什么都没发生，希瑟，我发誓。"

"你母亲会说什么？快找个工作吧，如果我是她，我会这么说的。"

她又检查了一遍沙发，然后带着一种真心仰慕的神情看着他。

"犹太人啊，"她叹了口气，"人家的教育就是不同。"

布里弗曼想象中来自希瑟的攻击并未发生，不久她就和一个开小差的当兵的跑了。这个当兵的独个儿来取希瑟的衣物，布里弗曼不无羡慕地看着他拎着她的硬纸箱子和尚未用过的四弦琴走了。一星期后军事警察走访了布里弗曼太太，她对这一切自然毫不知情。

你在哪儿呢，希瑟，为什么你不留下来引我进入那些温暖而重要的仪式？我可能早就直接进入了。毫无诗意，一个工业巨头，我可能免于被这些富裕的纽约分析家纳入他们的软皮本。我将你带出催眠时你不是感觉很好么？

有时候布里弗曼会一厢情愿地想着希瑟正在这世界上某一个地方，仍没有完全醒过来，在他的威力下睡意蒙眬。一个穿着破败军服的男子问道：

"你在哪儿呢，希瑟？"

第二部

1

布里弗曼爱极了亨利·卢梭①的画作，他让时间停止的样子。

总是这些必须被使用的字。狮子总是嗅着熟睡的吉卜赛人的睡袍，没有袭击，没有散在沙地上的内脏，这完全的遇见得到了表达。月亮，虽然注定了要四方遨游，也从不会从这个景致里走下来。被遗弃的鲁特琴不会为手指哭泣，它因自己需要的音乐而肿胀。

在森林深处，一头豹子掀翻了一个人，他倒下，比比萨斜塔的倾倒还要缓慢。你这么看着他，他永远也不会达到地面，即便你将视线移开也无济于事。在他的失衡里，他觉得舒服。纷乱的落叶和肢体为这些身体提供养分，并非恶意，亦无善意，只是自然，一如花朵或果实。可是并不因为这功能是自然的，就能消除它的神秘。动物的肉和植物的肉是如何连接在一起的？

在另一处，植物的根簇拥着一对新婚夫妇，或者一幅家族画像。你就是那个摄影师，可是你永远不能从暗盒盖下冒出来，或者捏捏那个橡胶快门，也不能因为结了霜的镜头而失去一个影像。在这儿有一种暴力和一种静止：人类被卷入这个场景中，与大自然彼此都熟悉。这不是他们的森林，他们穿着城里人的服饰，可是森林若是没有他们，只会是一片荒芜。

不管暴力与静止在何处发生，它就是这画面的中心，不管这中心多么微小，如何被隐藏。一旦用你的拇指盖住它，所有植物的叶子就会死亡。

2

在他读大学的头一年，在一个叫做"圣地"的喝酒的地方，布里弗曼举起酒杯站起来祝酒：

"无论是来自穷人区还是富人区，犹太女孩儿并不比外族女孩儿更有激情。犹太女孩的腿生得不好。当然了，这个过于笼统。事实上，新一代的美国犹太女孩儿就生了长长的美腿。

"黑人女孩儿和其他人一样，情况很糟。她们并不比白人姑娘好。当然了，只除了来自上西山区的盎格鲁-撒克逊女孩儿。可是即便吃了药的绵羊也比她们要好。她们的舌头并不更粗鲁，她们润

---

① 亨利·卢梭（1844—1910），法国后印象派画家，代表作有《梦境》等。

滑过的地方也没什么特别的质量。口交干得漂亮的是我偶然认识的一个黑人女孩儿，她的活儿仅次于最好。她那张嘴值四万七千元。

"口交干得最好的（仅从技巧上说）是一个叫伊薇特的法籍加拿大妓女。她的电话号码是 2033。她那张嘴值九万元。"

他高举起水汽蒸腾的酒杯。

"我很高兴能在这儿公开她的信息。"

他在同志们的欢呼声中坐下，突然对他自己的声音感到厌倦。家人还等着他一起晚餐，可是他还没给他母亲电话。杯里的茴香酒沾了水之后很快变成了白色。

克兰兹探过身低声说："对于一个十六岁的处子来说，刚才对我们说的这番话还真不赖。"

"为什么你不拉我坐下？"

"大伙儿都很喜欢听啊。"

"为什么你不让我停下？"

"你试试，布里弗曼。"

"我们走吧，克兰兹。"

"你这样子还能走吗，布里弗曼？"

"不能。"

"我也是。走吧。"

他们彼此支撑着走过他们喜欢的大街小巷，手里的书和夹纸板不时掉下来，他们朝着那些开得太近的出租车歇斯底里地大叫。他们撕掉经济学课本，在舍布鲁克大街一家银行的台阶上将课本作为祭物焚烧。他们在人行道上匍匐卧倒。克兰兹首先站起来。

"你为什么不祈祷，克兰兹？"

"车子开过来了。"

"朝它大叫。"

"是辆警车。"

他们跑向一个狭窄的小巷。一阵好闻的香味让他们停住了脚，这香味从一家高级餐馆的排风扇传来。他们在垃圾箱中间解决了尿急。

"布里弗曼，你不会相信我几乎尿在什么东西上了。"

"尿在尸体上了？尿在金色假发上了？尿在锡安长老们的聚会上了？还是尿在一只被遗弃的装满了难看屁股的小背包上了？"

"嘘！过来。当心点儿。"

克兰兹擦亮一根火柴，一只牛蛙的古铜色的眼在光亮里闪烁。他俩和牛蛙同时跳起来。克兰兹将牛蛙用打了结的手帕包着拿起来。

"肯定是从蒜泥酱里逃出来的。"

"让我们回去解放所有的牛蛙吧。让整条街道充满四处乱跳的牛蛙。喂，我说，克兰兹，我这儿有一套解剖工具！"

他俩在战争纪念碑脚下举行了一个庄严仪式，并做了决定。

布里弗曼在他的生物学课本上将散页纸摊开，他拎起牛蛙绿色的后腿，将它抓住。克兰兹插话了："我说，你会毁了这个晚上。今晚一直都很美妙，但这样做会毁了它。"

"你说对了，克兰兹。"

他们沉默地站立在那里。夜色浩瀚无边。汽车头灯穿过多切斯特大街。他们希望自己不在这里，他们希望他们是在一个上千人的聚会里。牛蛙如同一只古老的闹钟，充满了诱惑。

"我该继续吗，克兰兹？"

"继续。"

"我们负责今晚的酷刑。寻常的施刑者都会因此宽慰。"

布里弗曼将牛蛙的脑袋优雅地摔向一块石雕。一个活物的体内组织被撞击发出的声音大过所有车流发出的声响。

"至少，这让它晕过去了。"

他将牛蛙放在摊开的白纸上，用图钉将四肢固定好在课本上，他用手术刀拉开淡颜色的腹部，从工具箱里拿出一把剪刀，在皮肤上自上而下开了一个垂直的长口子。

"我们现在还可以停下来，克兰兹。我们可以拿线缝上，修复好。"

"是的，我们可以。"克兰兹梦呓似的说着。

布里弗曼将皮肤平摊开，用图钉固定好。他们继续进入牛蛙的体内，闻到彼此的酒气熏熏。

"这儿是心脏。"

他用手术刀狭小的一端举起这个器官。

"这就是心脏了。"

这个奶白色的一堆还在律动起伏着，他们惊奇地观看着。牛蛙的腿就像一个女人的腿。

"我想我还是继续吧。"

他将器官一个个移出来，两叶肺、两个肾。胃里还发现一颗小卵石和一只尚未消化的甲虫。他将牛蛙细嫩的大腿根处的肌肉呈现出来。

这两人，执行者和观看者，在犹豫不决中着迷出神。他终于移去了心脏，它这会儿看起来已经衰败而古老，一个老人口涎的颜色，这个世界最初的心脏。

"如果你把心脏放在盐水里，它还能继续跳一会儿。"

克兰兹惊醒过来。

"真的？咱们这就做，快点！"

布里弗曼跑开时将课本和这具开过膛后空荡荡的牛蛙尸体扔进一只垃圾桶。他的双手捧着心脏，生怕挤压坏了。那家昂贵餐馆只有几步之遥。

别死。

"快点啊！看在上帝分上！"

任何事都有第二次机会，如果能及时挽救的话。

他们在灯光明亮的餐馆里找到一处离得比较远的位置。这该死的服务生哪里去了？

"看！还跳呢！"

布里弗曼将它放进一碗微温的盐水里。它带着它柔软的重量又跳动了十一次。他们数着每一次，然后沉默了一会儿，他们的脸离桌子很近，一动不动。

"现在它看起来什么都不像了，"布里弗曼说。

"一只死蛙的心脏看起来就是这个样子吧？"

"我猜所有的邪恶就是这样发生的，就像今晚这样。"

克兰兹抱住双肩，他的脸突然亮起来。

"太棒了，你刚刚说的那句话太棒了！"

他朝朋友的后背重拍了一记，发出响来。"你是个天才，布里弗曼。"

布里弗曼正一时沮丧，听到克兰兹这一突然离题的称赞有些迷惑不解。他默然想了想朋友的称赞之词。

"你说对了！克兰兹，你是对的！而且你也是——因为是你发现的！"

他们抓住了彼此的肩，在柏木餐桌上互相拍着后背，彼此吼叫着溢美之词互庆。

"你是天才！"

"你才是天才！"

他们洒掉了盐水，倒不是因为盐水已经不重要了。他们掀翻了桌子。他们是天才！他们知道这一切是如何发生的。

餐馆经理很礼貌地问他们是否想出去。

3

他父亲的画像镶着沉重的金色边框，这是他头一件注意到的事儿。看起来倒像另一扇窗户。

"你在床上虚度时日，过着晨昏颠倒的日子。"他的母亲在门外叫喊着。

"你让我独自待着不行么？我才起来。"

他长时间地盯着他的书架，看着阳光从软皮精装本的乔叟移到华兹华斯。好太阳，与历史相安无事。早起时这么想真给人安慰。只除了这会儿已经是下午了。

"你怎么能这样在床上虚度生命？你怎么能这样对我？"

"我们的作息时间不一样。我睡得晚。请走开。"

"太阳这么好。你在糟蹋你的健康。"

"我还是每天睡七个小时啊，只是我睡觉的时间和你的不一样罢了。"

"太阳这么好，"她哀嚎着，"你完全可以去公园里走走。"

我和她这么争吵是为什么？

"可是，妈妈，我昨晚还在公园里走来着。晚上的公园也是公园啊。"

"你晨昏颠倒，你在消耗你的时间、你的健康。"

"让我一个人待着！"

她的状态不好，她只是想说话，她会以母亲的义务为理由，和他长时间地辩论。

他将双肘搁在窗台上，让风景在他的思维中展开。公园，丁香花，在绿色树枝旁说着话的或者推着深色小推车的白衣保姆。孩子们在蓝色水池旁的水泥岸边试航他们的白色帆船，盼望着起风，盼望着安全出航，或者壮烈的沉船。

"午餐你想吃点儿什么？炒鸡蛋，三文鱼，还有一块上好牛排，我再吩咐用人给你准备点儿沙拉，你想放些什么在沙拉里，俄式酱，是要煮鸡蛋还是煎鸡蛋，还有新鲜的咖啡蛋糕，冰箱里总是满满的，在这栋房子里总不缺吃的，没人会挨饿，谢天谢地，还有从加州进口的橙子，要来点儿橙汁吗？"

他打开门，小心翼翼地说：

"我知道我们有多幸运。我需要的时候会喝橙汁的。别麻烦用人或其他人了。"

可是她已经走到楼梯扶手那儿大声喊起来："玛丽，玛丽，给劳伦斯先生备些橙汁，榨三个橙子就成。你的鸡蛋要怎么做，劳伦斯？"

她把最后一个问题推给他，像个计谋似的。

"您别把吃的往我喉咙里送好么？你这些该死的食物简直让人恶心！"

他摔上门。

"他当着一位母亲的面摔门。"她从大厅里苦涩地声称。

简直一团糟！他的衣服满地都是。他的桌子上堆满了手稿、书籍、内衣、爱斯基摩人雕像的碎片。他试着将一首只完成一半的六节诗放进抽屉，可抽屉里早就塞满了堆在一处的写满了字的纸片，加厚的信封，未写完的日记。

这个房间需要一场清洁之火。他找不到晨衣，就用《纽约时报》遮住身子，从大厅跑进浴室。

"真可爱。他穿着报纸。"

他偷偷摸摸地下了楼，可是他母亲早已候在大厅里了。

"这就是你想要的？橙汁？你知道咱家可不缺吃的，半个世界的人争着抢着别人剩下的食物。"

"别又来你那套了，妈妈。"

她一把拉开冰箱门。

"看看，"她抗议着，"好好看看，鸡蛋，你不要，看看，多大个儿的鸡蛋，各种奶酪，饼干。这么多葡萄酒谁来喝。真是耻辱啊，劳伦斯，好好看看这些吃的，掂掂这西柚的重量。我们真是幸运，还有这些肉，三种不同的肉，我都会自己做些来吃，感觉一下这重量……"

试着从里面看到诗吧，布里弗曼，这么美丽的目录。

"看这儿，掂掂这分量……"

他举起一块生牛排摔在她脚下，包着牛排的蜡纸落在地毯上裂开了。

"你除了把吃的塞满我的嘴就没什么其他好做的吗？我还没饿得要死。"

"这就是一个儿子对妈妈说的话，"她一副广而告之的样子。

"你现在可以让我独自待着吗？"

"这就是一个儿子说的话，你父亲要是看见就好了，他应该在这里看着你把牛排摔在地上，什么样的暴君会做这样的事，除了堕落的那种，这样对待妈妈。"

他跟着她走出厨房。

"我只是想一个人待着，不用人叫着起床，自己醒来就好。"

"堕落，一只老鼠都不会那样对待妈妈，好像妈妈是个陌生人，堕落啊，把牛排摔在我脚下，我的脚还肿着，他会揍你的，你父亲若还在，会好好揍你一顿，这样堕落的儿子……"

他跟着她上楼。

"你这么大嚷大叫的真让人受不了。"

她摔上储藏室的门。他站在一旁听见她打开大抽屉又关上的声音。

"走开！一个儿子这样对妈妈讲话，会杀了妈妈的，我早知道这些事，我必须听到的，一个叛离者，不是一个儿子，这样对我讲话，任何记得我的人不会……"

他听见她拉开衣物间的门。她先从几件旧的家常便服上扯下袖子，又被堆在一处的衣架绊了一下，然后她开始扯那件在纽约买下的昂贵的黑衣。

"这些都有什么用，有什么用，一个做儿子的这样说话会杀了妈妈……"

他听到储藏室里发出的所有的声音，他的面颊紧贴着木门。

4

一到晚上，这公园就成了他的领土。

他跑遍了公园里所有的游乐场地和小山丘，像一个得了偏执狂的地主寻找着偷猎者。那些花床、层层的青草地在夜晚呈现出与白天不一样的景致。树看起来更高更古老。安着高高铁网的网球场看起来更像一只笼子，里面被关着的那些巨大无翅的生物不知如何全逃跑了。池塘看起来死一般的黑寂，倒映在水面的路灯如同好多个月亮。

走过曲棍球场时他记起击球的球具那种男性的气味，还有底裤的味道，以及滑轮鞋在木板上碰出的响声。

空荡荡的棒球场因为充满了飘荡的幽灵而朦胧不清。他几乎能听见球迷的欢呼声。没有自行车斜靠着的栗子树和看起来奇怪地孤立着的本垒网。

要多少树叶彼此摩擦才能记录下风中的簌簌？他试着辨别金合欢树和枫树在风中发出的声音。矗立在这些绿色之后的是一栋高大的西山大街的石头房子。里面住着的棒球手们正休憩养身，他们的说话声也停息下来。他想象自己能透过上面几层楼的墙壁隐约看见这些棒球手，或者他们睡觉时盖着的被单，在大街上一层一层地飘荡，好像沐浴在月光中的树上的颗颗虫茧。这些和他年纪相当的年轻人，这些金发碧眼的基督教徒，梦想着跟犹太人性交和银行家的事业。

这个公园滋润了周围房子里的所有沉睡者。它是绿色的心脏。它为孩子们提供了危险多刺的灌木丛和容易让孩子们表现英雄气概的地形，他们可以想象自己的勇敢无畏；它为保姆和女佣们提供了通幽曲径，她们可以想象自己的美丽动人；它给这些年轻的商业王子提供了可以与女友亲昵相拥的长凳，还有那些从长凳上能看到的附近的工厂，他们因此可以想象权力；它给这些退休的股票经纪人提供了苏格兰韵味的小径图案，在小径上走着那些相爱的情侣，这些退休的经纪人可以依着拐杖，想象诗情。这是每个人生活中最美好的部分。没有人到公园里来带着恶意的目的，也许性欲狂除外，可是谁又能说这患了性欲狂的人面对放荡女子在拉开裤子前裆的拉链时从没有想过永恒的玫瑰？

他去了那方颇具日本风格的池塘，看看池塘里的金鱼是否都安然无恙；他爬过多刺的灌木丛去看那帘小瀑布。丽莎不在那儿。他翻滚着下了小山丘，为了试试这坡度是否仍然够陡。想想在他所有认识的人当中，唯独丽莎就该等在山丘下，这想法是不是够滑稽的？小时候人们相信在沙盒子里撩一把沙子可以防止得小儿麻痹，他也这么做了。他试了试小时候常玩的滑梯，很惊讶自己被滑道夹住了，他在瞭望塔上庄重地四下张望，为了捍卫这风景。

"我的城市，我的河流，我的桥梁，吃屎吧。噢，我不是这意思。"

这个基地必须运作起来，这池塘的上方因常发现失事的帆船，或者被弃的婴儿，或者被强暴的白衣保姆，已经被检查过。触摸一下这些树桩吧，以示鼓励。

他对于这个社区、这个国家负有责任。

任何时刻都可能有一个女孩儿从其中一个花床那儿站出来。她看起来会像刚游完泳似的，她会知道我所奉献的一切。

他躺在丁香树下。丁香花儿几乎都谢了，它们看起来像幅分子图。天空无垠。用黑火覆盖我吧。叔叔们，你们祈祷时为什么看起来这么有信心？是因为你们清楚祷词吗？当圣柜上的遮帘已拉开，金冠的托兰经已显现，圣坛上的所有人都穿着白衣，为什么不把你们的目光从仪式上移开，为什么你们不向疯狂的癫痫症屈服？为什么你们的忏悔如此容易？

他憎恨那些住在石头大房子里的飘浮在睡梦中的人。他们的生活极其规律，他们的房间整洁干净；他们每天早上起床后就开始他们的公共事务；他们不会炸掉他们的工厂，也不会在篝火边举行裸体聚会。

圣劳伦斯河上的灯火如同星光，空气中有种不耐的静寂。树如同聆听的鹿的四肢一样脆弱。太阳就快升起，如同一只紧握的拳头压碎所有的房顶，将那些意志坚定的工人推到街上，还有那些单向街上的汽车，让街道很快堵得水泄不通。他希望他不用看见西山大街上的滚滚车流。将黑夜变成白天。

"嘿，你好。"

一个穿着空军制服强壮结实的三十岁左右的男子站在他上方。这个男人这几天成为这个公园里的焦点。好几个保姆抱怨他过于热心地抚弄她们带着的小男孩儿们。一位警察将他护送到大街上，请他离开。

"你好像不可以在这儿待着。"

"反正这会儿也没人。我只是想找人说说话。"

他的制服很熨帖。真的，清晨这个时候他看起来未免过于干净，或者晚上，或者任何时候。布里弗曼从丁香馥郁的空气中闻到了刮胡水的气味。他站起身。

"说说话。好啊，我正准备回家呢。"

"我只是想……"

布里弗曼从肩头朝后看着，大声嚷嚷："说啊！你怎么不说了？这儿都是你的了——整座公园都是空的！"

他所在的这条街上站着几个园丁，他们的衣服已褪色。他们在扫地的时候招呼彼此的名字，都是意大利人的名字。布里弗曼研究了一下他们用的扫把，用电线绕成的扫帚枝条。用起这样的真家伙感觉肯定不赖。

5

"你能别这么嚷嚷好吗，布里弗曼，或者离话筒远点儿也行，我都听不见你在说些什么。"

"我说，柏莎！柏莎！我刚才看见了柏莎！她就在城里！"

"哪个柏莎？"

"哦，你这个没心没肺的蠢材。我们从小就认识的柏莎啊。那个就在我们眼皮底下从树上摔下来的柏莎。"

"她看起来如何？"

"她的脸看起来完美无缺，真的，克兰兹，她真美！"

"你在哪儿见到她的？"

"从公共汽车的窗户里。"

"再见，布里弗曼。"

"别挂别挂，克兰兹。我发誓是她。我弄不清她那会儿是不是正笑着。那是一张明朗白皙的脸，没有我们熟悉的线条，所以你要怎么想都可以。"

"你就跟着那辆公交车吧，布里弗曼。"

"哦，不是，是她先看见我的。我以后就在那儿等着这辆车经过。她动了她的嘴来着。"

"再见，布里弗曼。"

"克兰兹，这间电话亭是我今天住过的最让人愉快的电话亭。

整条舍布鲁克大街走过的人我都认识。我会在这条大街上到处游荡，这条街会把柏莎、丽莎给我送来。没有一个人，没有一个名字，没有一个肢体会从这里被带走。"

"你是从哪儿挖出这些旧名字来的？"

"我是保管人。我就是那个站在孩子们上课的教室门前的那个脏不拉叽、多愁善感的老人。"

"再见，布里弗曼。这次是真的。"

这是间美丽的电话亭。它有着新漆刷过、新钉子钉过的味道。透过镶了金属网的窗玻璃，你能感觉到太阳的温度。他就是警卫，他就是哨兵。

柏莎，是因为他才从树上摔下来。柏莎，他吹奏起《绿袖子》来总是比不上她！柏莎，这个和苹果一起从树上坠下，摔折了四肢的女孩。

他又投入另一枚硬币，等着接听时响起的音乐。

"克兰兹，她刚刚又经过这里……"

6

等吧，等吧，等吧。所有的事情都要花上这么长的时间。

群山释放出月亮，好像是再也含不住而不得不吐出的一个泡，带着不甘和痛苦。

那个夏天布里弗曼有一种时间正在变缓的奇怪感觉。

他那时正在看电影，放映机转得越来越慢。

八年之后他告诉了雪儿这件事，但并没有告诉她一切，因为他不想让雪儿认为她在他眼里，和他讲述的这个故事里的女孩是一样的，并没有区别。似乎她就是那部缓慢的瑞典电影里那个被月光照亮的女孩儿，来自遥远的地方。

她的名字叫什么？他追问自己。

我忘了。那是个甜蜜的犹太人的姓，意思是珍珠之母或者玫瑰森林。

你怎么敢忘呢？

诺玛。

她看起来什么样？

她平日里看起来什么样并不重要。重要的是在那个难忘的一刻她看起来什么样。是我记得的并且要告诉你的那个样子。

她平日里看起来什么样？

事实上，她的脸看起来好像被挤了一下，她的鼻子太宽。她的祖母一定是被鞑靼人掳了去。她看起来好像总是跨在一根栏杆或者跳水板之类的东西上，挥着她的褐色手臂，在大笑声中眼睛眯得看不见，跑向一场盛宴或者一场杀戮。她的肉体淫荡。

为什么她是个共产主义者？

因为她弹吉他；因为做铜生意的老板们杀掉了乔·希尔①；因

---

① 乔·希尔 (1879—1915)，出生于瑞士。工人运动活动家，歌词创作者。在一次证据不足的案件中被判死刑。

为"我们既没有飞机也没有大炮"①，而且她所有的朋友都死在哈拉马河边②；因为麦克·阿瑟将军是个罪犯，像统治个人王国一样统治着日本；因为"世界工人联盟"的成员迎着催泪弹唱着歌。因为萨科爱着范赞提③；因为广岛刺疼了她的眼睛，而她正为禁止使用原子弹的请愿书收集签名，然后不停有人告诉她让她滚回俄国。

她走路瘸吗？

如果她非常累了你才会察觉到这个。一般情况下她总穿着一条墨西哥长裙。

也戴着墨西哥指环吗？

是的，她和一个注册会计师订了婚。她让我确信他是一直在进取之中。可是一个正等待革命的人怎么会是注册会计师呢。我想弄明白这件事。而且她，一个充满自由理念的人，怎么会对一种传统的婚姻形式承诺？

"在社会中我们必须行之有效。共产主义者可不是波希米亚人，那只是西山区的一套奢侈时髦玩意儿。"

你爱过她吗？

我很喜欢亲吻她的乳房，她让我吻了几次。

多少次？多少次？

---

① 原文为西班牙语，是西班牙内战时期共和军之歌。
② 西班牙中部的一条河流。西班牙内战中有数千居民被共和军杀害在哈拉马河边。
③ 萨科（1891—1927）和范赞提（1888—1927），无政府主义者，意大利人，移民美国。在马萨诸塞州一次有争议的谋杀案中双双被州高等法院判处死刑。

两次。她也允许我抚摸她的身子。她的手臂，她的腹部，她私处的毛发。如果那次不是她的牛仔裤太紧，我几乎要成功了。她比我年长四岁。

她订婚了吗？

可是我那会儿还嫩着呢，她老说我还是个孩子。所以我们做的那些事儿并不真的那么重要。她每晚给她的未婚夫打长途电话。她说话时我就站在她身边。他们讨论着公寓和婚礼计划。那是一个乏味的成人世界，一座失败的博物馆，而我和这一切毫无关系。

她和他说话时脸上什么表情？

我相信我能从她脸上看到负疚。

谎话连篇。

我猜我俩都感觉非常负疚。所以我们更带劲儿地收集签名。可是我们多么喜爱在升起的篝火旁躺在一起啊。我们小小的火堆看起来离一切事物都那么远。我给她讲各种故事，她则编了首布鲁斯叫做"我金色的布尔乔亚的小孩为我卖掉了他的房子"。不，那是个谎言。

白天你们都做些什么？

我们搭便车跑遍了劳伦斯山脉的周边地区。我们会走到海滩上，那里到处是享受日光浴的人，然后开始唱歌。我们被晒成褐色，我们的合唱部分很好，人们都喜欢听我们唱歌，即使他们连眼都不想睁开。然后我会开始演说。

"我不是在谈苏联或美国。我甚至都不是在谈论政治。我说的是我们的身体，我们在这海滩上伸展开的身体，这涂抹着防晒油的身体。我们中有些人超重，有些人太瘦，有些人则为自己完美的身体而自豪。我们都熟悉自己的身体。我们在镜子里仔细看过，我们希望自己的身体被人赞美，或者让人充满爱意地抚摸。若是你曾亲吻的身体得了癌症呢？你想不想要你孩子头皮上的一撮头发？你瞧，我不是在讲苏联或者美国。我只是在讲人们的身体，这是我们拥有的一切，没有任何政府能修复一根手指、一只牙齿，或者因为空气中的毒气而剥落的皮肤……"

他们都在听吗？

他们都在听，而且大多数人叹着气。从他们聚精会神的眼神里，我知道我完全可以胜任这个国家的总理。不管我说什么其实都没有关系，只要用这些老词汇，用这些老的颂歌节奏，我甚至可以带领着他们走向一场溺毙仪式……

马上停止幻想吧。伸展在海滩上的身体看起来什么样？

这些丑陋的苍白的被办公室的案牍工作毁掉的身体。

你们晚上都做什么？

她将我的手领到她赤裸的乳房，还有她被衣服覆盖的身体。

你能不能具体些？

群山释放出月亮，好像是它再也无法含住的一个气泡，带着不甘和痛苦。我那会儿是在一个电影院里，放映机转得越来越慢。

一只蝙蝠猛然飞过火堆，飞进松枝里。诺玛闭上眼睛，将吉他抱得更紧了些。她弹了一个小和弦，乐声穿过他的脊梁，飘进森林。

美国失落了，破坏罢工者统治了一切。铬合金建成的高楼大厦永远不会动摇，可是加拿大在这儿，婴儿时期的梦想，星星又高又冷又锐利，而敌人则易折又容易战败而且还是英国人。

火光轻舔过她，映出她的半边脸颊，她的一只手，然后又摇摆着回到黑暗里。

摄影机从远处带着他们，穿过森林，捕捉到一只浣熊闪闪发光的眼睛，审视着水面，芦苇，水面已合上的花朵，将自身卷入了雾气和岩石之中。

"躺在我身边吧，"诺玛的声音，也许是布里弗曼的。

突然又呈现出她身体每一部分的特写镜头，在她的大腿根处的丘地停留，那一小片地带呈现得如此强烈，带着暗影，蓝色牛仔裤紧绷住她的肉体。她大腿根之间叉开的扇形缝隙。摄影机继续移动着寻找她乳房的形状。她掏出一盒烟。她的动作被密切地注视着。她的手指如同触须一般移动。控制香烟的姿势极其熟练又富于暗示。手指是缓慢而暴力的，可以握住任何东西。

他如同轻弹开一只干瘪的苍蝇那样弹开他的眼睛，将他捕捉住的形状拉回来。她将嘴撮成 O 形，用舌头推出一个烟圈。

"我们游泳去吧。"

他们站着，他们走动，他们在匆忙换衣服时身体碰在一起。他们闭着眼脸对脸。摄影机对准这两张脸，一张另一张。他们盲目地吻着，错过了彼此的嘴，发现彼此湿湿的。他们在一阵蛐蛐的叫声中倒下，呼吸着。

"不行，这样太严重了。"

摄影机记录下他们在沉默中躺着。

每个字之间都有距离。

"那么，我们游泳去吧。"

摄影机尾随着他们到了岸边。他们穿过树林时有点困难，观众已经忘了他们要去哪里，已经这么长时间了，这些树枝都不让他们过去。

"哦，让我看看你。"

"我光着身子就没那么可爱了。你站在那里就好。"

她移到芦苇丛的另一边，现在他们穿过每个镜头如同穿过雨丝。月亮是某个幸运的家伙在岸边发现的石头。

她湿淋淋地出现了，她的皮肤起了鸡皮疙瘩，紧绷着。整个明亮的屏幕包裹住了他、镜头和机器。

"别，别摸我。以前这身子还不坏。别动。我还从来没对其他人做过这个。"

她头发湿湿地散在他的腹部。他心思纷乱地想着那些要写的明信片。

亲爱的克兰兹：

　　她都干了什么她都干了什么她都干了什么

亲爱的柏莎：

　　你一定要像她一样跛着，甚至你长得和她也很像，我知道什么都没有失去亲爱的希特勒：

　　拿开这些火把，我没罪，我必须有这个

　　"你能陪我走到城里去吗？我答应了给他打电话，现在肯定很晚了。"

　　"你不会这个时候还给他打电话吧？"

　　"我说过我会给他打。"

　　"可是这个之后呢？"

　　她摸了摸他的脸颊。"你知道我必须这样做。"

　　"我就在火边等着。"

　　她离开后他叠好了睡袋。他没找到右脚穿的软皮平底鞋，可这并没什么要紧。她的背包里有个东西突出来，他看见一袋子关于严禁使用原子弹的请愿书。他蜷在火边，潦草地签着名。

　　I·G·法本

　　宇宙先生

　　乔·希尔

　　沃尔夫冈·阿玛德乌斯·乔尔森

　　伊瑟儿·罗森堡

　　汤姆舅舅

　　小小忧郁男孩儿

　　西格蒙德·弗洛伊德拉比

他将签名塞进她的睡袋，向车灯如流的公路走去。没什么能帮得了空气。

就在那重要的一刻她看起来什么样？

她就在我的脑海里兀自站立，与冗繁的叙述毫不相连。她皮肤的颜色让人吃惊，如同即将变绿的白色嫩枝，她乳头的颜色如同赤裸的唇，她的湿发如同一团闪闪发光的箭镞披在肩上。

她由肉体和眼睫毛组成。

可你不是说她是瘸的，可能就像从树上摔下来后的柏莎吗？

我不知道。

为什么你不能告诉雪儿？

我的声音会让她沮丧。

雪儿摸了摸布里弗曼的脸颊。

"告诉我剩下的故事吧。"

7

塔玛拉生着两条长腿，上帝才知道她的腿有多长。有时候开会，她的腿要用上三张椅子。她的黑色头发缠绕在一起。布里弗曼试过选择其中一缕，一直顺着探到这缕下垂的头发卷起的地方。觉得自己似乎走进了一层无尘的蛛网。

布里弗曼和克兰兹一身特别的服饰：深色套装，扣子开得很高的马甲，还有手套和伞。专门用来猎获女共产主义者。

他们参加了共产主义俱乐部的每一次聚会。他们庄严地坐在一群敞着领子、从纸袋里啃着三明治的俱乐部成员中间。

有次在一场关于美国细菌战的无趣的演讲中克兰兹低声说："布里弗曼，为什么这些装着白面包的纸袋这么难看？"

"我很高兴你这么问了，克兰兹。它们是为肉体的脆弱打出的广告。如果一个吸毒者将注射针头别在他的翻领上，你会觉得同样的恶心。一个装着食品的鼓囊囊的袋子如同一个看得见的肠胃。你要相信布尔什维克们都将他们的消化系统穿在了衣袖上！"

"很对，布里弗曼，我就知道你了解这个！"

"看看她，克兰兹！"

塔玛拉为了她颀长的神秘四肢又调过来一张椅子，与此同时，会议主席打断了演讲的人，将小木槌对着克兰兹和布里弗曼挥了几下。

"如果你们两个逗趣的人不马上住嘴，就马上出去。"

他们站起来，非常正式地道歉。

"坐下吧坐下吧，别出声就好。"

韩国到处泛滥着美国的昆虫。他们的炮弹装满了传染疾病的蚊子。

"现在我有问题要问你了，克兰兹。她穿的那种农民穿的裤子和裙子的下面是什么？她的腿到底长到哪里？如果她的手腕缩到衣袖里会怎样？她的乳房从哪里开始？"

"布里弗曼，这就是你到这里来的原因嘛。"

塔玛拉和他上的同一所高中，可那会儿她丝毫没有引起他的注意，因为她那时是个胖妞。他们每天走同一条路去学校，可是他从来没有注意过。欲望让他的眼睛排除了一切他不能亲吻的事物。

可是现在她苗条颀长。她熟透了的下嘴唇曲线分明，投下暗影。可她走动时还是很重的样子，好像她痛苦记忆里的身上的肥肉仍然紧贴着。

"你知道我对她感兴趣的主要原因吗？"

"我知道。"

"你错了，克兰兹。是因为她家离我家就隔一条街。和公园属于我一样，是出于同样的原因。"

"你真是有病。"

一分钟后克兰兹说："这些人关于你的看法只对了一半。你是个情绪化的帝国主义者。"

"你这个想了很久吧？"

"有那么一会儿。"

"很好。"

他们庄严地握握手，交换了雨伞，互相整了整彼此的领带。布里弗曼亲了亲克兰兹的两颊，如同正在颁发勋章的法国将军。

会议主席敲着木槌以维持会议秩序。

"出去！我们对歌舞表演不感兴趣。到山上表演去。"

所谓"山上"意味着西山。他们决定接受他的建议。两人在瞭望台开始跳起踢踏舞，为他们的怪异举止而开心。布里弗曼从来就掌握不好这种步伐，可是他喜欢挥舞着雨伞。

"你知道我为什么喜欢共产主义女人吗？"

"我知道，布里弗曼。"

"你又错了。是因为她们不相信这个世界。"

他俩在石墙上坐下来，背对着河流和城市。

"很快，克兰兹，很快我就会和她在同一间房子里。我们会在同一间房子里。我们将被这间房子环绕。"

"再见，布里弗曼。我还得学习呢。"

克兰兹的家住得不远。他是认真的，他真走了。这可是头回克兰兹……

"喂！"布里弗曼叫道，"你中断了我们的对话。"

他已经走远了。

8

"你不明白吗，塔玛拉，你不明白两边，每次战事作战双方都一直在使用细菌作战？"

他那时正和她在他家后面的那个公园里散步，告诉她纷争为何产生、金鱼的夜间习性，还有为何诗人是这个世界上未被公认的立法者。

接下来他已经在一间屋子里褪下她的衣裳。他简直不能相信自己的手，就如同看到包着那块三角形瑞士乳酪的银色锡纸全掉下来时那样惊奇。

然后她说不，将她的衣服抱起来贴着乳房。

他觉得自己就像一个考古学家眼睁睁地看着沙尘又吹了回来。

她戴上胸罩。他帮她系好胸罩后面的环扣，只是想让她知道他并不是疯子。

然后他四次问了为什么。

后来他就站在窗口。

告诉她你爱她，布里弗曼。这是她想听见的。他走过去抚着她的后背。

现在他抚摸着她娇小的后背。

说我爱你。说啊，一——二——三，说。

他无意中将一只手指放在松紧带下。

她交叉着脚踝，看起来似乎在某种私密的愉悦中夹紧了大腿。这个动作让他的脊椎打了个激灵。

然后他朝着她的大腿根俯下身，她的大腿浮在空中，潮湿。肉体冲开来。他用他的牙齿。他不知道这潮湿是因为血还是唾沫还是润滑的香料。

然后是一阵奇怪的被压抑继而又成为低语的声音，急促而喘不过气来，如同时间正与他们作对，将警察和他们的父母带到了锁孔那里。

"我最好套个东西。"

"我可能很紧。"

"紧是美妙的。"

她是谁？谁拥有她的身体？

"你瞧，我是很紧。"

"噢，是。"

他满心的欢庆之情如同雪花般飘落的五彩纸屑，可是有人说："给我念首诗吧。"

"让我先看看你。"

"让我也看看你。"

然后他陪她走回家。早晨的这个时候可是他的私密时刻。太阳在威胁着东方。报童挎着灰色袋子蹒跚而行，人行道看起来新意盎然。

然后他捧着她的手，带着一种真挚的感激之情说：

"谢谢你，塔玛拉。"

然后她用拿着车钥匙的那只手给了他一巴掌。

"这听起来真可怕。好像我让你拿走了什么，好像你从我这里得到了什么。"

然后她哭了一小会儿，直到一行血从他的脸颊上流下来。

然后他们彼此拥抱，又合好了。

她走进公寓以后将嘴靠在门玻璃上，他们隔着玻璃亲了个嘴。他想让她先走，她想让他先走。他希望他的背影看起来不错。

来吧，所有的人！他大步走回家，欣喜若狂，成人社区里最新加入的一个成员。为什么所有沉睡的人没有站在窗边欢呼呢？难道他们不羡慕他爱的仪式和诡计吗？他又去了公园，在种了小树苗的山丘上站了一会儿，俯瞰着城市和那条灰色的河。他终于和这些沉睡者有了某种联系，这些去上班的人，这些办公楼，这些商场。

然后他朝克兰兹的窗户投了块石头，因为他不想上床睡觉。

"克兰兹，咱偷辆车。快点快点。"

布里弗曼在三分钟内把一切都告诉了克兰兹，然后他俩就在沉默中开着车。他将头靠着车窗，希望车窗是清凉的，可车窗很热。

"我知道你为什么这么沮丧，因为你告诉了我这些。"

"是的，我连着两次犯了不敬重。"

实际上比这个更糟，他希望他爱她，爱她肯定是件美好的事情，而且告诉她这个，不是一次或者五次，而是一次又一次，他知道他将和她在很多房间里度过很长的时间。

那么这些房间呢，每间房子有什么区别？难道他不是早知道这些房间的样子，他们经过的这些房间不是一模一样的吗？女人在那里伸展开身子，即使森林也不过是一个玻璃房子，跟他和丽莎一起在被窝里玩着士兵与妓女的游戏时没有多大区别，甚至留神听敌人的声音都是一样的吗？

六年后他又把这个故事告诉了雪儿，可是他这次没有不敬。他曾经离开了雪儿一段时间，他给她写了这个：

"我想，伊利亚的马车，或者阿波罗的，或者天空中任何神秘之船，如果停在我的门口，我会准确知道该坐在哪儿，当我们起飞时我会带着惬意记得我们经过的那些云和神秘。"

9

塔玛拉和布里弗曼在城市的东面租了间房子。他们告诉各自的家长他们要去拜访住在城外的朋友。

"我反正也习惯了一个人的日子。"他母亲说。

最后一天的早晨他们靠着小小的高窗，肩挤着肩，看着下面的街道。

公寓里的警报响了。膨胀的垃圾筒如同哨兵一样列在肮脏的人行道一旁，猫从它们中间走过。

"你不会相信这个的，塔玛拉，可是有那么一阵子我是可以让这些猫在人行道边停住一动不动。"

"很有用啊，能让猫一动不动。"

"哎，可这些日子来我要让这些事情发生就不那么容易了。是事情在我身上发生。昨晚我甚至都不能催眠你。"

"你是个失败者，拉瑞，可是我还是为你的球蛋疯狂，真美味。"

"我亲嘴亲得嘴都酸了。"

"我的也是。"

他们温柔地吻着，然后她用手摸着他的嘴唇。她大多时候都是这么温柔，这总让他吃惊，因为他并没有要求她这样。

这过去的五天他俩几乎没有下过床。即使窗户大敞着，屋里的空气闻起来还是床的气味。晨光里的建筑总让他充满了怀旧之情，后来他意识到这些建筑的颜色和旧网球鞋的颜色原来是一模一样。

她将肩膀蹭着他的下巴，感受他下巴上的胡茬。他凝视着她的脸。她闭上眼感受早晨的微风拂过眼帘。

"冷吗？"

"你在就不冷。"

"饿吗？"

"我可不能再吃凤尾鱼罐头了，可我们有的就只这些了。"

"我们不该买这些贵东西。它们和这个房间一点儿不协调，是吧？"

"我们和这房间也不协调啊，"她说，"这栋房子里的所有人似乎都要起床去上班。"

"而我们在这里，来自西山区的难民。你背叛了你的社会主义新传统。"

"只要让我闻着你的味道，你说什么都行。"

香烟都被压扁了。他捋直了一根，给她点了火。她将满满一口烟吐进清晨。

"光着身子吸烟是这样——这样奢侈。"

她说这个词的时候打了个寒颤。他亲了亲她的颈背，然后他俩又继续懒散地看着窗外。

"冷吗？"

"我想在这儿待上一整年，"她说。

"那个叫婚姻。"

"好了好了，别变得这么害怕，这么不自在。"

这时发生了一件非常重要的事。

他俩看见一个老人，穿着过于宽大的雨衣，站在街对面的门道内，抵着门，似乎要躲起来。

他俩决定盯着他看，看他究竟要做什么。

他朝前倾着身子，向这条街上上下下打量着，看到没什么人，似乎很满意的样子，然后将雨衣折了几下后像个斗篷似的穿在身上，走出门到了人行道。

塔玛拉朝窗外弹了弹一圈烟灰，烟灰像羽毛一样飘落，然后在上升的风中散开。布里弗曼看着这小小的动作。

"我简直忍受不了你这么美丽的身子。"

她笑着，将头靠在他的肩膀。

裹着雨衣的老人在一辆停着的小车旁蹲下看了看，然后站起身，又向四周看看。

风吹进她的头发，分开了其中一缕，在风中飘动。她在飘动的发间夹紧了手臂，弹掉了烟蒂。他也弹掉了他的。烟蒂像两个小小的注定要死亡的伞兵落了下去。

然后，似乎这两个烟蒂是一个信号，一切都发生得更快了。

太阳突然间似乎在两栋建筑间胶着住了，让屋顶上的烟囱变得非常暗。

一个市民上车后开走了。

一只猫出现在这个老人曾经站着的地方，从这个老人身前穿过。这猫看起来骄傲，结实，有些饿坏了的样子。这个老人从它后面一跃而起。这只猫毫不费劲地转了个方向，顺着石头阶梯朝着一个地下室的入口走去。这个老人咳着，跟着这只猫，弯着腰，一副受挫的神情，然后又返回到原先的街道，双手空空。

他俩一直是随意地观望着他，好像人们看着水的样子，可是这会儿他俩很密切地观望着。

"你起鸡皮疙瘩了，塔玛拉。"

她将一缕飘散的头发弄弄好，他研究着她动作中的手指，记起这些手指在他身体的各处停留过。

他想如果他注定要在他余下的生命里将这一刻过上一遍又一遍，他不会有任何怨言。裸着身子的年轻的塔玛拉，她的手指把玩着一缕头发。太阳在电视天线和烟囱之间缠绕。早晨的微风吹来山间的轻雾。一个神秘的老人，他也并不如何关心这个老人的神秘。为什么他要寻找一个更好的美景呢？

他无法让事情发生。

街上的那个老人俯卧在一辆轿车的保险杠下，将那只猫逼进路缘石和汽车轮胎之间的角落里，想去抓住它。他兴奋地踢了踢脚，想抓住猫的后腿，被猫抓咬了一下，最后他终于得逞了。他把猫从阴影中拉出来，将它举过头顶。

这只猫拼命扭动着，如同劲风中的信号旗。

"我的天哪，"塔玛拉说，"他要干什么？"

他俩这时全然忘掉了彼此，都靠在窗边看着。

这个老人在挣扎的猫身下犹豫了一会儿，埋下脸，躲过猫爪的锋利，然后站稳了，他叉开双腿，将手中的猫如同一把斧子那样挥舞起来，然后用力朝人行道边扔去。他俩从窗户边都能听到猫的头骨撞到地面的声音。它如同一条搁浅的鱼那样抽搐着。

塔玛拉别过头去。

"他现在在干什么？"她要他讲给她听。

"他正把它放进一只袋子。"

这个老人，在抽搐的猫身旁蹲下来，从他的大雨衣里掏出一个纸袋子，试着把猫塞进去。

"我觉得恶心，"塔玛拉说，她把脸埋在他胸前，"你不能做些什么吗？"

布里弗曼完全没想到他可以插手这件事。

"喂！你！"

那老人吃惊地抬起头。

"喂！你！"①

这老人马上停下来。他低头看着猫，手有些犹豫不决地发颤。他逃离了街道，咳嗽着，空着手。

塔玛拉喉咙里咯咯作声。"我觉得恶心，"她冲向水池，呕出来。

布里弗曼扶着她到了床边。

"凤尾鱼，"她说。

"你在发抖。我去把窗关上。"

"你躺在我身边就好。"

她的身子松软无力，好像向某种挫败屈服了。这让他害怕。

"也许我们不该吓走他，"他说。

"什么意思？"

"他也许饿坏了。"

"他要煮它来吃吗？"

"好了，我们可是保护好了我们脆弱的味觉。"

她紧紧地抱住他。这不是他想要的那种拥抱。这种拥抱里没有

---

① 此处为法语。

肉体，只有伤害。

"我们都没怎么睡。现在睡一下吧。"

"你也睡吗？"

"是的。我们都累了。"

早晨的世界从他们身边移开，车流声被关在紧闭的窗外，历史一般遥远。他们只是一间房子里的两个人，也没有任何东西可看。

他轻柔地抚着她的发，将她的眼睑合上。他还记得那一阵风吹起她的缕缕长发。一星期时间很长。

她的嘴唇颤抖着。

"劳伦斯？"

我知道你会说什么我知道我会说什么而且我也知道你又会说什么……

"别生气。"

"没有。"

"我爱你。"她干巴巴地说。

我等着，还有什么要说的吗。

"你什么都不需要说，"她说。

"谢谢你，"他说。

"吻吻我吧？"

他轻轻吻了下她的嘴。

"你生我的气吗？"

"你这是什么意思？"他撒着谎。

"因为我说的话。我知道它某种程度上伤害了你。"

"没有，塔玛拉，这让我觉得离你很近。"

"我很高兴我告诉了你。"

她调整了一下姿势，靠得更紧了些，不是为肉体感官，只是为了温暖和保护。他紧紧抱着她，如同抱着一个孤儿，而不是情人。房间里很热，他的手掌心在出汗。

这会儿她睡着了。他确定她是睡着了。他小心地从她的手中脱开，她在睡梦中如果没有这么美该多好啊。他如何能从这样的身体旁边跑开呢？

他像个贼似的穿上衣服。

一轮圆太阳在一栋栋被煤烟熏黑的建筑上灼烧。所有停着的车辆已经开走。几个手里拿着扫帚的老人，站在垃圾桶间眨眼看着。其中一个试着用手中的扫帚柄去碰死猫的尸体，小心别让自己的手触到它。

奔跑吧，西山，奔跑吧。

他需要他自己和这潮热的房间拉开距离，在这间房子里他无法使事情发生。为什么她非得说话呢？她不提这个不好吗？他的衣服里全是她的肉体的味道。

她的身子还是和他在一起，他让这个情景争论抗拒他的逃离。

我跑过一阵雪，这白雪就是她的大腿，他戏剧性地想象成紫色。她的大腿充满了整条街道，如同天空的落雪一样辽阔，如同巨大的沉落中的齐柏林飞艇那样沉重，她潮润的大腿落在尖锐的屋顶和木头的阳台上。风向标将公鸡的形状和帆船压入皮肤内。那些著名的塑像的脸仿若雕刻的阴文一般被保存起来……

然后他想着一间特殊的房间里的一双特殊的大腿。承诺让人压抑，可是肉体孤独的想法更糟。

他打开门的时候塔玛拉已经醒来。他很快脱了衣服，重新获得了他几乎失去的东西。

"你回来高兴吗？"

塔玛拉连着三年做他的情人，直到他二十岁。

10

在大学三年级时布里弗曼离开了家。他和克兰兹在城中心的斯丹利大街租了几间房子。

布里弗曼告诉他母亲自己打算每星期在城中心住几个晚上，他母亲似乎很平静地接受了。

"你用得上烤面包机的。我们有台多出来的。"

"谢谢您，妈妈。"

"还有刀叉什么的，你会用得着。"

"不一定，我们不会煞有介事地去烹饪的。"

"你会用得上很多刀叉的，劳伦斯。"

她在厨房里一个抽屉一个抽屉地把东西选出来，堆在他面前的桌子上。

"妈妈，我用不着搅蛋器的。"

"你怎么知道？"

她倒空了一抽屉银制的鱼餐叉在桌子上。有个抽屉老打不开，她试了几次。

"妈妈，这太可笑了。"

"拿上所有的东西。"

他跟着她到了起居室。这时她处在他的上方，在一把软椅里颤巍巍地摇晃，试着保持平衡，一边将厚重的刺绣窗帘的挂钩一一取下。

"您这是干什么？"

"我要这空房子干什么？你统统都拿走好了。"

她将窗帘踢向布里弗曼，被窗帘褶子绊倒了。布里弗曼跑上去帮她。她看起来这么重。

"走开，我要这空房子干什么，统统都拿走。"

"别这样，妈妈，请别这样。"

在楼梯间她从钩子里扯下一幅镶嵌在丝绒上的波斯细密画，朝他扔过去。

"你那房子里应该有墙吧？"

"妈妈，您该去睡了。"

她开始清空装着亚麻床单和被单的壁橱，将一叠叠的亚麻床单掷在他脚下。她踮着脚尖去够一叠桌布，她往外一拉，其中没叠好的一块落下来罩在她身上，活像幽灵。她在里头猛烈拍打着。他想去帮忙，可她在亚麻桌布下推搡抗拒着。

他退后几步，看着她在里面挣扎，一阵麻木袭向他的整个身体。

她从桌布里脱身之后，很仔细地将桌布在地板上摊开，从一个角爬到另一个角将桌布叠好。她的头发散乱，呼吸不匀。

他专心致志地跟随她每一个步骤，在她心满意足地跪在一叠折得无可挑剔的白色三角形桌布前时，他已经在心里折叠了十遍。

11

这栋房子建于二十世纪初，窗子仍是些彩色格子。市政府在斯丹利大街上安装了现代的荧光街灯，闪耀着一种幽灵似的黄色的光。这光透过维多利亚时期的蓝绿相间的玻璃，看起来像人工的月光，像新鲜健康、常在户外活动的女人的肉体。

他的吉他总能派上用场。清凉的杉木吉他倚着他的腹部。吉他的内部闻起来很像他父亲用过的一个雪茄盒子，而吉他的声调在深夜听起来再好不过了。在这些午夜时光里乐声的纯净让他惊奇，几乎让他相信他为塔玛拉、为这个城市的边缘、为他自己创造了一种圣礼般的联系。

布里弗曼和塔玛拉对彼此都残酷无情。他们用不忠作为武器来制造痛苦，或者作为激情的刺激。他们不断地回到斯丹利大街上这间房子里的床上，奇怪的灯光似乎能修复他们身体的无辜。他们可以一连躺上数小时，不能动，也无法说话。有时候他能够安慰她，有时候她安慰他。他们也用各自的肉体安慰彼此，可这变得越来越困难。他们靠彼此活着，有管道连接着彼此的内脏。其中的原因太过深奥，太过原初，他不能够理解。

他记得那些可怕的沉默和哭泣，他完全不能够明白。他什么都不能做，哪怕至少是各自穿好衣服离开。他因为伤了她而憎恨自己，又因她让他窒息而憎恨她。

那个明亮的早晨他要是一直跑开就好了。

她让他很无助。他们让彼此很无助。

布里弗曼给塔玛拉看了他正在写的一部长篇。里面的人物叫塔玛拉，另一个叫劳伦斯，故事发生在一个房间里。

"你多么炽热啊！"塔玛拉夸张地说，"今晚你是我炽热的情人。今晚我们是贵族，也是野兽，是飞鸟和蜥蜴，既黏又如同大理石一般坚硬。今晚我们荣耀又堕落，被封爵又被粉碎，既美丽又恶心。我们的汗水是香水，我们的喘气是铃铛。即便是最可爱的天鹅我也不换。这就是为什么我一开始就必须走向你。这就是为什么我离开其他人，不管他们拼命用残废的双手抓住我的脚踝，我依然奔向你。"

"一派胡言，"我说。

她轻轻从我的双臂中挣开，站在床边。我想到巨石雕像的大腿，可我什么都没说。

她将双臂举到肩膀处。

"安第斯山脉的基督，"她声称。

我蹲在她身下，紧挨着她的三角处。

"治愈我，治愈我吧，"我模仿着祷词。

"你自己治愈我吧，"她大笑着倒在我身上，她的脸终于贴着我的腹部。

等我俩都安静了，我说："女人，汝脱离这病了。"

她将两条腿晃到地上，在桌子上跳起舞来，点燃了锡制墨西哥烛台里的蜡烛。然后她将烛台放在头上，如同一个宗教的旗帜，又舞着回到床边，拉着我的手。

"跟我来吧，我的野兽，我的天鹅，"她诡秘地说着，"镜子，内侍们，拿镜子来！"

我们站在镜子前。

"谁能说我们不美呢？"她一副挑战的样子。

"是啊。"

有一会儿我们观察了我们的身体，她放下墨西哥烛台，我们拥抱了。

"生命还没有在我们身上留下痕迹，"她一派怀旧的语气。

"呀，天哪。悲郁。月亮。爱。"

我想试着有趣一些。我希望我们这多愁善感的嬉玩不会让她认真地去考虑一些事情。这个过程我无法承受。

我坐在窗前的一张椅子上，她坐在我的腿上。

"我们是情人，"她这样开始，如同在提出命题之前叙述一个几何公理。"如果下面的那些人有个眼神好的，这会儿碰巧向上看，会看见一个光身子的女人被一个光身子的男人抱着。这个人立刻会性欲勃发，不是吗？就好像我们读到小说里那些描写性的情节时性欲被激发的样子。"

我听到"性的"这个词的时候有点退缩。再没有什么比此时在情人之间用这个词更不恰当的了。

她继续说道:"而这就是大多数情人看待彼此的样子,即使他们已经亲密了很长时间。"

"亲密"。这是另一个这样的词。

"这是个大错,"她继续说着,"尝试禁果、情人厮混在一处的陶醉已耗尽,他们很快就厌倦了彼此。他们的性特征变得越来越模糊直到完全消失。"

"有其他出路吗?"她开始让我恼怒了。

"就是将这些被允许的事情变得让人陶醉。这个情人必须熟悉他所爱的女子。他必须上心留意她每一个动作:她走动时臀部的摆动,她胸部起伏时引起的微微震动,她坐下时大腿如同熔岩一般摊开,她临近高潮时腹部的突然抽动,每一缕头发,金色或黑色,鼻尖上的细毛孔,她眼里血管的分布……他必须全然彻底地了解她如同他亲手所创。他铸造了她的四肢,蒸馏了她的气味。这是唯一可能成功的性爱:被造者与造者之爱。也就是说,创造者对自身的爱。这种爱永不会改变。"

她说话的声音变得越来越兴奋,几乎带着一种迷狂结束了最后一句话。我已经不再爱抚她了。她冷静的用语几乎让我感到恶心。

"怎么了?"她问,"你怎么不抱着我了?"

"你非这么做不可吗?我才和你做过爱,这还不够?你一定要开始一场手术,一场解剖?肉欲的,亲密的,蒸馏——上帝啊！我可不想记住所有这些词。一段时期来一次惊喜就够了。你去哪里？"

她站在我面前，烛光中她的嘴因生气而僵住了。

"惊喜！你是个傻子。和我遇到的那十来个男人一样。他们就想在黑暗中做爱，沉默着，闭着眼，耳朵堵着。这些厌倦了我我也厌倦了的男人。我想要我俩与众不同，你却被吓跑了。你连创造和自慰之间的区别都不清楚。这有区别！你根本不明白我说的话。"

"含糊其辞，"我大叫着，"模棱两可。"

我语无伦次，用手遮住脸。我是怎么到了这间房子里的？

"我们不知道我们在说什么，"她说，已经平静下来。

"你躺在我的怀里还不够吗？"

"你简直不可救药！"她突然恶声恶气地，"我的东西都在哪里？"

我看着她穿衣，我的心绪一片空白麻木。她穿着衣，将她的肉体一块一块盖起来，麻木升到了我的喉咙，如同吸了乙醚。它似乎要溶解我的皮肤，房间里的空气让我的意识模糊起来。

她走到门边，我等着门闩启动的声音。她停下来，手放在门把上。

"别走！留下来。"

她跑向我，我们抱在一起。她的衣服料子隔着我的皮肤，感觉很奇怪。她的泪水打湿了我的脸颊和脖子。

"我们没有时间互相伤害，"她悄声说。

"别哭。"

"我们不会让彼此厌倦。"

在她的悲痛中我又重新获得了自我。我已经多次注意到，在我的生命里，只有面对他人极端的情绪波动，我才能保持我的稳定。她的悲痛让我重新获得热情和男子气概。

我带着她到床边。

"你真美，"我说，"你会永远这样美。"

她很快就在我的怀里睡着了。她的身体比往常要沉重，似乎因为忧愁而沉重肿胀。我梦见一个哭泣的男人从一辆开动的车里朝我的肩扔来一只巨大的钟。

和往常一样，在我醒来之前，她已经在清晨离开了。

塔玛拉仔细地读着。

"可我不是那样说话的，"她柔声说。

"我也不是，"布里弗曼说。

在他将手稿交给她的那一刻，写作就已经完成。他不再觉得这部作品属于自己。

"可你是那样的，拉瑞，你就是像小说里两个人物那样说话。"

"好吧，我像这里面的两个人物那样说话。"

"别生气。我只是想明白你为什么写这个。"

他俩躺在斯丹利大街上这间永恒之屋里。街对面的荧光灯发出月亮一般的光华。

"我不在乎为什么写。我写了，就这样。"

"然后给了我。"

"是的。"

"为什么？你知道这有可能伤到我。"

"你应该对我的作品感兴趣。"

"哦，拉瑞，你知道我感兴趣。"

"是啊，这就是我为什么交给你。"

"好像我们不会好好说话了。"

"你想让我说什么？"

"什么都别说。"

沉默又开始了。床变成了电网围成的监狱。他不能置之不理，也不能离开。他属于这里，属于这张被沉默包扎着的床，他被这个想法折磨着。这是他活该得的，正适合不过。

他告诉自己只要张嘴说话就好了。很简单，就是说些词而已。用任何话打破这沉默。讲个故事，只要能打破沉默就好。然后他们就可以温暖友好地做爱，然后如同两个陌生人一样聊到天明。

"这是否意味着你想结束我们两人之间的关系？"

她做了一次勇敢的尝试。现在我必须试着回答她。我要告诉她我要用毒药来考验她的爱。然后她会说，噢，这是我想听到的，然后她会给我一个拥抱，证明这毒药失效。

我所要做的事就是用力张开我的牙齿，移动我的上下颌，震动我的声带。一个词就成。只要一个词就能嵌入这沉默，让它裂开。

"试着说点儿什么吧，拉瑞。我知道这不容易。"

任何声音，布里弗曼。任何声音。

他如启动起重机一般动着脑筋，将他二十吨重的手放在她的乳房上。他的手指解开扣眼。她的肌肤让他的指尖温暖。他爱她的温暖。

"哦，来吧，"她说。

好像有人在后面追赶似的，他们很快脱掉衣裳。他试着用舌头和牙齿来弥补这沉默。她不得不用手轻柔地将他的脸从她的乳头上移开。他用呻吟声来赞美她的私处。

"请说点什么吧。"

他知道这会儿她正泪流满面。他只是静静躺着。他不想再动了。他准备好了就一连数天这么待着，好像患了紧张症的病人。

她移过身抚摸着他，她的动作让他像一股泉水般释放了。这次她没有阻止他。她屈服于他的麻木。他用他的身体说了一切。

他们安静地躺着。

"你还好吧？"他说，然后突然就口若悬河地说起话来。

他告诉她他那些为获得荣耀而作的所有计划，两人都大笑不止。他告诉她那些诗，两人都觉得他以后会有大出息。他告诉她那些重压在他肩上的种种魔鬼，她为此怜悯他。

"都走开，你们这些又脏又老的东西，"她吻着他的脖子。

"我的肚子上也有些。"

过了一阵塔玛拉就睡着了。他千方百计地找话说就是为了让她醒着。她的睡去就如同舍弃，这总是在他最清醒的时候发生，他都准备好了要做个不朽的宣言。

她的手耷拉在他的手臂上，仿若叶片上的雪，在他挪动的时候就要滑落下去了。

他躺在她身边，一个怀有广阔远景的失眠者。他想到沙漠如此辽阔绵延，没有任何上帝的选民可以穿越。他像数绵羊似的数着细沙，很清楚他的工作将持续到永远。他想到从高高的飞机上鸟瞰到的麦田，距离如此远，他无法看清风是从哪个方向吹拂麦穗。北极圈地带和雪橇的距离。

这些他永远也无法行走到的路途，因为他永远不能舍弃这张床。

12

布里弗曼和克兰兹仍然经常整晚开着车四处游荡。他们要么听着当地电台的流行音乐，要么听美国电台的古典音乐。他们会开车一直向北驶到劳伦斯山脉或者一路往东去那些小镇。

布里弗曼想象着从空中看着他俩开的这辆车。如同一只小弹丸疾驶过大地表面，像彗星一样自由，也许同样注定了要消亡。

他们开过一片片雪地，在夜色中发着蓝色幽光，结冰的地面拥住一簇月光，如同起了波纹的水面。车里的暖气开到最强。反正到了早上他们也无处可去，除了讲座，可这个不算。在雪地之上一切都是幽冥——树，窝棚，整个村庄。

用这样的速度开车他们不受任何束缚，他们可以尝试一切的可能。他们掠过那些百年大树；他们穿过人们在此中度过一生的小镇；他们知道这土地古老，这群山远古。他们用每小时八十英里的速度开过。

他们的速度里有一种蔑视，蔑视让群山逶迤的数个世纪，蔑视这些将荒野整理有序的几代人的肌肉，蔑视这些奋勇向前进入现代之路的人。那些毁掉了罗马帝国的大路的野蛮人肯定也有同样感受。现在我们有了这种力量，谁在乎之前发生过什么呢？

他们的速度里也有一种惧怕。他们在城市的家族如同藤蔓一般延伸。女主人们教谕的悲哀不再是诗情画意，而是灾难性的。成年人坚持要从普遍性的美丽中特别选择一个丑陋的。他们从多数派中飞离，从真正的成年礼中飞离，这真正的启蒙，真实且恶毒的割礼，社会正是通过这些限制与呆板的例行程序来强加于人。

他们在中途停车用餐时温柔地和法国女孩们交谈。她们看起来真可怜，带着牙套，脆弱不堪。她们会在他们开出二十英里后就将他们忘得干干净净。她们在双层塑胶柜台后面都干些什么？梦见蒙特利尔的霓虹灯吗？

公路上空空荡荡。他们是仅有的两个在飞逃的人，而意识到这一点让他们成为比以往任何时候感情都更深厚的朋友。这个让布里弗曼欣喜若狂。他会说："克兰兹，他们所有能够看到关于我们的行踪仅仅是车库地上一溜汽油痕迹，油迹上面连彩虹都不见。"近来克兰兹变得非常沉默，可布里弗曼坚信他一定是在想着同样的事情。他们认识的或爱过他们的每一个人都在他们身后留下的数英里中沉睡。如果收音机里正放着摇滚，他们明白这渴望；如若放的是韩德尔，他们了解这庄严。

在他们开车游荡的日子里，有些时候布里弗曼会给自己提议：布里弗曼，你已经有这个资格，可以在这个最好的有很多可能性的世界里尽情尝试：你会写很多美丽的诗篇并因此受到赞美；你也会有很多荒芜的日子无法提笔；会有很多美丽的屄穴你可以躺在里面，你会在不同颜色的肌肤上亲吻，领会很多次高潮；很多个夜晚你会走出自己的欲望，孤独而痛苦；你会感受到很多情绪的巅峰，会看到很多次美妙的日落，值得赞美的洞察，创造性的痛苦；还将经历好些致命的冷漠，在那冷漠里你连个人的绝望都没有；这儿有很多权力之手，你将用残酷无情或者仁慈善良和它们交往；这儿会有许多广袤的天空你可以躺下，并为谦卑而称颂自己，会有很多次机会搭乘载满奴隶的逼仄之船；这就是等待你的那些事物。好了，布里弗曼，提议就在这里：设想你的余生都将如同这一刻一样，在这辆车里朝着遍布灌木丛的乡村疾驰，在列着一排白色导杆的路上，以八十英里的速度经过每根导杆，听着自动点唱机里的音乐，就在这一片云层和星空之下，你此刻的思绪被记忆的横切面充斥——你将如何选择？是选择再来个五十几年这样的开车游荡，还是五十多年的成功与失败？

布里弗曼选择时从未犹豫过。

就让它像现在这样继续吧。让速度永不减弱，让积雪永远存留，永远也别让我从这样的友情中移开，永远也别让我们找到其他可做的事情。让我们永远也别彼此评价。让月亮待在路的这一边。

让姑娘们都成为我心里的一个金色模糊的一团，如同月晕，或者这个城市上空闪耀的霓虹灯，让电子吉他在这样的宣称下悸动：

> 当我丢失了我的孩子，
> 我几乎丧失了心智。

让山丘的边缘即将变亮；别让树和树叶一样也变得毛茸茸；让这黑色小镇在一个漫长的夜晚沉睡如莱斯比亚的情人；让尚未完工的修道院里的修士们继续在早晨四点跪着念他们拉丁文的祷词。让帕特·布恩[①]站在游行阶梯的最上层，告诉所有工厂的夜班时间：

> 我去看一个吉卜赛人
> 为了让她给我算命

让积雪给去往艾尔斯山巨岩路上的汽车墓地带来高贵。让苹果商贩钉了钉子的窝棚永远别摆出上了蜡的苹果和淡淡的苹果酒。

可是让我记住我所记住的果园的样子。让我保存一点幻象和回忆，如同一个地理学家的标本呈现出来所有的层面。让凯迪拉克和大众跑得魅力非凡，让它跑得像炸弹，让它爆炸。让这个音调使广告永远等待。

---

① 帕特·布恩（1934— ），美国歌手，演员，电视节目主持人。

我可以告诉大家伙儿，

这消息可不咋妙。

这消息太妙了。这消息很悲伤，可它既然在一首歌里，就还不太坏。帕特为我做了我所有的诗。他有可以让几百万人兴奋的句子。这就是我全部想说的。他过滤了悲伤，在回音室里让它得到荣耀。我不需要打字机。它不是我突然想起来的忘掉了的那件行李。不要铅笔、水笔和便条纸。我甚至都不想在起了雾气的挡风玻璃上画画，我可以在去巴芬岛的路上就在脑子里构想好一篇传奇，可我不用写下来。帕特，你已经夺走了我的活儿，可你是个好家伙，是美国的旧式成功，单纯的大赢家，这个也好。做公关的人成功说服了我，让我觉得你是个谦卑的孩子。我不能憎恨你。我唯一的批评是：更加绝望，试着听起来更愤怒，否则我们必须找个黑人把你替换下来：

她说我孩子离开了我

永远离开了我。

别让吉他像火车轮一样慢下来。别让那个在电台工作的男人告诉我我一直在听的是什么。甜蜜的声音，别拒绝我。让歌词如同我们永远不会开到尽头的风景一般继续。

永远离开

好吧，让最后一个音节长久。这是我愿意用所有的总统位置换得的事物，哪怕拥有的时间还不到一秒。飞速往后倒的电话杆子和电网看起来如同一个错综复杂的翻绳子游戏。积雪高堆，如同红海在我们的汽车挡板两边分开。没有谁期望我们，也没有谁错过我们。我们将所有的钱都放在汽车油箱里，我们像撒哈拉沙漠里的骆驼一样肥。疾驰的轿车、树木、月亮和照在雪地上的月光、曲调无奈的摩擦的和弦，所有的一切都为了快速冻结而摆好了完美的姿势，这星际博物馆里的永恒。

永远。

再见了，先生，女主人，拉比，教授。再见，别忘了你们探险标本式的推销员的袋子。我的朋友和我，我们就待在这儿——在我们限速的一边。克兰兹，是不是？克兰兹，是不是？是不是，克兰兹？

"想停下来吃个汉堡吗？"克兰兹说，带着一种正琢磨一个抽象理论的神情。

"是现在还是哪天？"

13

布里弗曼和塔玛拉白得要命。海滩上的其他人都是一副晒了很长日光浴的样子。克兰兹是一身漂亮的古铜色。

"我觉得比光身子还光，"塔玛拉说，"好像我脱衣服时顺便把皮也脱了似的。我希望他们也脱下他们的皮。"

他们在热沙滩上放松下来，克兰兹在监督着众人游泳。他端坐在一个上了白漆的木塔上，一手拿着扩音器，一手拿着吹哨。

到处是扑腾玩水的身体，水面成了银白色。他的吹哨穿过叫嚷和欢笑声，突然间海滨沉默了。在他的命令下，轮到每一对露营者跳水时，他们会举起互牵着的手，然后双双跳下。

接下来，沿着甲板站立的辅导员们叫着："检查！"一百五十个孩子都站立不动。安全检查完毕，克兰兹再吹了声哨，孩子又喧闹如初。

克兰兹纪律严谨的角色让布里弗曼吃惊。他知道克兰兹做过好多次夏令营的工作，可他总将他看作（现在他是觉察到了）孩子当中的一员，或者是最好的那个孩子，策划美妙的夜间行动，在森林中玩"跟着领头人"游戏最出色的那个。

可现在他站在这里，海滩上的主人，古铜色肌肤，眯着眼，一脸绝对的神情。孩子和水都服从他。他的吹哨声控制喧闹和笑声的停止或开始、嬉水游戏的开始或停止。克兰兹似乎能切入时间的自然进程，如同一部电影停滞在一个画面然后又接着放映。布里弗曼从来没有料到他的这种指挥力。

布里弗曼和塔玛拉像城里人一样白，这颜色将他们从沙滩上古铜色的身体中区分出来，好像他们是无害的二等麻风病患者。

布里弗曼很惊讶地发现塔玛拉的大腿根处有一丛小小的金色毛发。她的黑色头发披散着，烈日照在她的黑发上，镀上了一种金属的光泽。

不仅仅是他们白——而是他们俩都这么白，他们的白似乎暗示着他俩私底下分享的一种日常而腌臜、只在屋内进行的仪式。

"如果黑人开始掌管世界，"布里弗曼说，"这就是我们将会时常感受到的情景。"

"克兰兹不是很棒吗？"

他俩都专注着克兰兹，如同平生第一次那样。

也许是克兰兹吹哨的那几小节时间让布里弗曼进入了一场缓慢放映的电影，而这场电影始终是在他的脑子里一直放着的。

他是在远处看着他自己。这哨声让嬉水的喧闹声停止了。甚至燕子们看起来都是停在一种姿势，被钉实在空气的阶梯顶层。

这场电影的部分地方曝光过度，灼伤了他的眼睛，但他爱这样凝视着。

曝光过度或者两次曝光。劳伦斯山脉的夏日阳光成为每一幅形象的背景，把有些形象变成一幅剪影，让另一些形象闪着一种啫喱状透明的光泽。

潜水者是克兰兹。这会儿他的身体一半在空气中，一半在水下，看起来如同一把折叠刀，一半银白，一半幽暗。在渐渐消失的脚周围慢慢溅起的水花如同从黑色的火山口升起的羽毛。

当他从水里登上甲板时，孩子们发出一阵欢呼。他所有的行动都带着一种强烈的张性，即便最微小的一个动作也带有一种权力的质地，一个特写的尺寸。孩子们围着他，都试着去摸他湿漉漉的肩膀。

"克兰兹可不是棒极了？"

这会儿克兰兹正跑向他的朋友们，他的毛孔里沾着沙粒。他朝朋友微笑着表示欢迎。

现在塔玛拉没有触摸布里弗曼，她过去这几天躺得离他很近，可现在她并没有触摸他的意思。

她不自然地站着，克兰兹的眼和她的眼，他俩侵占了银幕，神情从欢迎到惊奇到疑问到欲望，图片在这里死寂般地停止，被很多太阳照出光斑，现在他俩毁灭了沙滩上所有的身体，只为了那个永恒的一帧画面：画面里他们跑向彼此。

燕子们自然跌落，克兰兹大笑着，又恢复了寻常的混乱。

"你们这俩家伙早应该来看看朋友了。"

这仨互相拥抱了一下，然后开始胡言乱语谈起来。

14

塔玛拉和布里弗曼从大学毕业了，再没有什么可以维系他们已然磨损的关系，自然就开始走下坡路了。他们倒是幸运，分开时没有愤恨之情。他俩都厌倦了痛苦。他俩都分别睡过其他人，吵架时都用这些人名作为武器，都是些朋友或敌人的名字清单，以便折磨对方。

他们是在一家咖啡店的桌子边分手的。如果你认识老板娘，又会用法语问她，你就能得到一杯装在茶杯里的红酒。

他早知道他从未真正了解过她，也不会去真正了解她。对大腿根处的迷醉还不够。他从未关心过塔玛拉是谁，只关心她展现出来的样子。他对她承认了这个，他们谈了三个小时。

"真抱歉，塔玛拉。我是想像一个魔术师那样去触摸人，去改变或伤害他们，留下我的印记，让他们美丽。我想成为一个自己永远不睡的催眠师。我想在亲吻时还睁着一只眼。可能我过去就是这么做的。我现在不想再这样了。"

她爱他这样说话。

他们不时还会回到斯丹利大街的那间房子里。一个二十岁的青年对一位旧情人还是会柔情蜜意的。

"我知道我从未真正看到你。在我个人的视觉中我总是让一切人变得模糊。我从未听到来自他们内心的乐声……"

又过了一阵子，她的心理医生建议她最好别再和他联系。

15

布里弗曼得到了一笔奖学金可以在哥伦比亚大学完成他的英文论文，可他决定不要这笔奖学金。

"噢，不，克兰兹，再没有比论文答辩会更像在屠宰场一样的感受了。大家围着桌子坐在一间小教室里，他们的手因为点评而鲜血淋漓。他们会变老，而诗人总是那么大，二十三，二十五，十九。"

"那会让你整整四年都成为局外人，伾里弗曼。"

他的蒙特利尔素描作品集开始出现在坊间，并受到大家好评。他开始注意到他朋友和亲戚的书架上摆着他的素描集，他恨这个。塔玛拉的乳房在斯丹利大街上人工的月光里看起来什么样子可跟他们毫不相干。

加拿大人很想让本国出产一个济慈那样的诗人。文学聚会上的发言都是亲英派在表达他们的热情。他为一些小社团，或者从大学来的一干人，或者一群开明的教堂集会者朗读他的笔记。他尽他所能地睡了很多漂亮可爱的女主持，他已经放弃对话，只是引用他自己的话。他可以在晚餐桌前保持让人难以忍受的沉默，让房主人的美丽女儿深信他是在看顾她的灵魂。

他唯一可以一起玩笑的是克兰兹。

这世界让一个有纪律的忧郁者戏弄了。所有的笔记形成渴望的美德，为了得到大众的热爱，必须公开个人的焦虑。整个艺术产业就是精心呈现苦难。

他和很多苍白的金发女郎走过西山大道。他告诉她们，在他眼里，这些石头建成的宅第只是废墟而已。他暗示她们可以通过他来实现抱负。他可以斜靠着壁炉，带着一股被刺瞎眼的参孙推倒庙宇的所有晦涩悲情。

在某一群特定的从商犹太人中，他被视为一个温和的背叛者，不能被全然地谴责。当他们得知他的所作所为有获得商业成功的可能，不由得有些沮丧，他们的溃疡显示了这忿恨。他的名字出现在新闻报纸里。他可能不是这个群体的理想成员，可迪斯雷利①和门德尔松也不是，在犹太人所认为的成就看来，他们的叛节通常被忽视了。犹太传统中，书写也是一个极其重要的组成，即便在当今退化堕落的境况中，也不能压制住。对书籍和艺术造诣的尊敬将延续一代到两代人。如果这两者不能重新被奉为神圣，就不会永久。

在某一群特定的外族人中，他又因为其他原因被怀疑。他的闪族人的粗野藏在艺术的披风之下，他是在侵犯他们鸡尾酒上的仪式。他们承诺于文化（如同所有的加拿大好人），可是他威胁着他们女儿的纯正血统。他们使他感到自己像个黑人那么重要。他和股票经纪人就过度繁殖和创造性活力的丧失进行长时间的对话。他用意第绪语的表达方式来强调自己的演讲，而他从未想过在这之外的其他场合使用。在他们的起居室里，他会毫无缘由地在茶几旁突然跳起哈西德派②的舞来。

他将舍布鲁克大街合并进他的常规领域。他相信自己比这个城市的任何人都更了解这条街优雅的悲伤。无论何时当他走进其中一家商店他总会记得他站立的那个地方曾经是某个宅第的休息室。这曾经的华厦而今却成了酿酒厂和保险公司的总部，他呼吸着历史的慨叹。他坐在博物馆前的石阶上，看着时髦的女人飘进时装店或者牵着她们的富贵狗走在丽兹饭店门口。他看着人们排队等候汽车，上车，载着乘客的汽车缓缓开走。他总觉得这是件神秘的事情。他

---

① 迪斯雷利（1804—1881），曾两次担任英国首相，犹太裔。
② 哈西德派，犹太教的一支，创立于十八世纪的东欧。

走进一个装潢得如实验室一般的新银行，猜想着人们都在这里干些什么。他注视着雕刻着葡萄藤的山形墙。褐色石头建筑的教堂顶上的滴水兽。位于公园东面造型复杂的木质阳台。还有一座教堂的玫瑰形窗户顶部成锥形，那是为了防止鸽子在上面做窝。所有这些古旧的铁、玻璃和岩石。

他对于将来没有计划。

一天清晨，他和克兰兹（他们前一天晚上彻夜不眠）坐在麦凯大街与舍布鲁克大街交叉路拐角处的矮墙上，规劝早上赶着去上班的人群。

"好戏结束了，"布里弗曼大叫着，"全结束了。都回家去吧。绿灯亮了也别过。别去取那两百元的工资了。直接回家吧。回到床上去。你们都没看见一切都结束了吗？"

"结束了。"[①]克兰兹说。

"你不是真信这个吧，克兰兹？"后来布里弗曼问。

"不像你这样全盘相信。"

对将来没有计划。

他可以把手放在一件开着低胸的长袍上，没人会在意。他是一个温和的迪伦·托马斯，为了符合加拿大人的口味，才情和行为都得到适当的修饰。

他觉得他似乎是在电视上自慰。被剥夺了隐私、克制和谨慎。

---

① 这句话出自耶稣在十字架上说"我渴"，人拿醋给他喝。他尝了一口，说："结束了。"

"你知道我是什么，克兰兹？"

"我知道，你可别背你那套目录。"

"我是忧伤女人的种马。暮光中维多利亚时期废墟的偷窥者。一个收集注定要消失的工会歌曲的中产阶级收藏家。一个被种族问题缠身的露阴癖，总是挥舞着自己的割礼，一只四处舔的叭儿狗。"

因此，从他的阶层传统来看，他通过体力劳动让自己得到救赎。

有次他沿着蒙特利尔海滨散步时，经过一家黄铜厂，那是一家生产浴室洁具的小厂。一扇窗户开着，他朝里望了望。

空气中充满了烟雾，传来机器持续不停的轰鸣声。靠着墙壁放着一堆堆泥巴颜色的沙子。在厂房尽头几只石头坩埚在凹陷的熔炉里泛着微光。工人们全身都是烟尘，他们推着沉重的沙质模子，在烟雾中看起来如同炼狱篇中古老的雕版印刻。

一只热得发赤的坩埚被滑轮从熔炉上提起来悬吊到那一列模子上，然后坩埚被放到地面，表面的矿渣被铲掉。

一个系着石棉围裙、戴着护目镜的强壮男人接手了工作。他将坩埚引导到模子上，利用杠杆装置倾斜了石质坩埚，将熔化的黄铜倒进模子铅质的口子里。

液体金属灿烂的光亮让布里弗曼倒吸了一口气。金子的颜色才是这样。如同肉体一样美。当他听到祷词或诗篇里提到这个字，他脑子里呈现的就是这样的颜色。它金黄，鲜活，尖声叫喊着。它倾泻时呈现的弧度，带着烟雾和白色火星。他看着这个男人在这列模子边上下移动，施与这壮丽。他如同一个完整的偶像。不，他是一个真正的牧师。

这才是他想要的工作，可是他得不到。他成了一个拉芯线的人。无须技术。每小时赚七毛五分。每天从早上七点半干到下午五点半，半小时的午餐。

芯线的大小决定了穿过水龙头的洞口大小。它用烘干砂制成，用一定长度的金属线装在一起，放在模子的正中间，用熔化的黄铜填满四周，形成一个圆洞。当模子裂开，拔出制成的水龙头粗坯，金属线还可以保存下来再次使用。

他的活儿就是将这些金属线抽出来。他坐在离低矮的长桌不远的一只盒子上，这些模子就是在这张低长桌上被注满。在他旁边就是一堆发烫的水龙头，芯线从水龙头的一端伸出来。他用戴了手套的左手抓住一根，用钳子将绕起来的金属线猛地拉出来。

每星期他能拉个几千米的金属线。他唯一停下来的时候，就是去看倾泻出来的黄铜。原来那个模工是个黑人。平日里每个人脸上都沾满烟尘，简直看不出原样来。现在可是有了一个传奇版的无产阶级英雄，如果他听过什么类似故事的话。

拉你的线，布里弗曼。

黄铜之美永远不会消失。

他在火中、烟雾和沙粒中干活。这个厂子没有空调，谢天谢地。他的双手终于长出了硬茧，在女工的眼里很寻常，可是在其他人眼里，待遇却是和勋章一样。

他坐在盒子上朝四下里望望。他真来对了地方，切割机和熔炉的轰鸣声正是他需要的用来清洁灵魂的音乐。男人起了粉刺的背上的汗水和泥浆就是一幅画面，精确提供肉体的概念。厂房里的空气污秽，一阵怀旧感叹之后的呼吸让你的喉咙充满了细渣似的不适。老年和青年男子终日在沙堆旁工作的景象为他的关于绵羊、野兽和孩童的想象提供了一个绝妙的维度。一束肮脏的阳光从天窗射进，最终消失在弥漫的烟雾里。他们整日在这阴郁烧灼的火焰旁劳作。他已经成为他几个星期前想到的地狱篇中雕版印刻中的一个人物。

这家工厂还未加入工会。他打算联系一个合适的工会，以便有效地组织这个地方。可是这并不是他来到这里工作的原因。他来，是为了厌倦和苦行。他将瓦尔特·惠特曼的诗介绍给了一位爱尔兰移民，并说服他上一家夜校。这就是他做的义工。

这厌倦真能杀人。体力劳作并不能让他的思想自由遨游，却麻木他的心智，可这麻木又不足以强烈到能清晰地意识到并将它表达出来。然而，这麻木仍然可以让人清楚认识到它的束缚。比如他会突然意识到在刚过去的一小时里他在不停地哼唱同一首曲子。每一根金属线代表一个小小的危机，每一个拉出的动作代表了一次小小的胜利。他不能无视这种荒谬。

他越厌倦，这黄铜之美就变得越非人性。它的光太强烈，不能直视，你必须戴护目镜。火焰太灼热，不能太靠近，你需要一条石棉围裙。一天中有很多次他看着这金属被倾泻，即便是在他坐着的地方都能感受到那种热度。这液体的弧度代表了一种他永远无法企及的张力。

他这一年的每天早晨都打卡上班。

16

他的朋友要离开蒙特利尔去英国求学。

"可是，克兰兹，你离开的可是蒙特利尔啊，它可是正在成为荣耀的大城，和雅典一样，和新奥尔良一样。"

"这里的青蛙很邪恶，"他说，"犹太人也邪恶，英国人则古怪。"

"这就是我们为什么这么伟大啊，克兰兹。杂交受精啊。"

"好吧，布里弗曼，你就待在这里记录复兴的发生吧。"

这是在初夏傍晚的斯丹利大街。布里弗曼已经在铸铜厂做了一个月。散步的姑娘们都光着臂膀。

"克兰兹，瞧这手臂，这奶子，这翘臀。噢，多么可爱的样本！"

"她们确实是长出息了。"

"克兰兹，知道舍布鲁克大街为什么这么好看？"

"因为你想被人搞。"

布里弗曼想了一下。

"你说对了，克兰兹。"

能再次和克兰兹聊天真是太好了，布里弗曼最近几个星期都没怎么见到他。

但他知道还有其他原因让这条街如此美丽。这条街上有各种商店，而且商铺上面就住着人家，他们住在同一栋房子里。如果你只是有商店，特别是那种现代装潢的商店，就会有一种冷酷而贪婪的铜臭味。如果你只有住家，或者住家的房子离商店太远，它们就会散发出一种有毒的隐秘，如同种植园或者屠宰场。

可是克兰兹说得也对。不，不是被搞。不远处走来个美人。

一个姑娘在半个街区之外转身朝舍布鲁克大街走过来。她独自一人。

"记得吗，克兰兹，要是三年前我们可能会跟着她，带着各种肉欲的梦想。"

"然后她只要一转身我们就都跑开了。"

走在他们前面的这个姑娘正走在路灯下，灯光从她的层层浓发上滑落。布里弗曼开始吹起《莉莉·玛莲》这首歌。

"克兰兹，我们正走进一部欧洲电影。你我两个是两位军官，正一起朝一个重要的事物走去。舍布鲁克大街是一片废墟。为什么它看起来像是战争刚结束的样子？"

"因为你想被搞。"

"少来了，克兰兹，给我一次机会。"

"布里弗曼，如果我给你机会，你将在每个夏日夜晚哭泣。"

"你知道我要怎么做吗，克兰兹？我要走到这个姑娘跟前，温柔礼貌地邀请她加入我们，围着这个世界散一个小小的步。"

"那你去做吧，布里弗曼。"

他加快了步伐和她走在了一起。这样就成了。用陌生人的所有激情。她转过脸看着他。

"抱歉，"他说着，停下来，"认错人了。"

她走开了，他等着克兰兹赶上来。

"她是个野兽，克兰兹。连做祝酒的料都不行，她和女人的美丽是全然两样。"

"今晚活该不是我们的。"

"还会有很多个夜晚。"

"我明天得早起赶渡轮。"

但是他们并没有直接回到斯丹利大街。他们缓步沿着大街向上，往家的方向走去：大学，梅特卡夫，皮尔，麦克塔维什，名字都是沿用不列颠群岛之名。他们经过那些石头建筑的宅第和黑铁栅栏。很多宅子都被大学接管，或者被改造成公寓。可是有些地方，似乎某位上校或者某位女士仍然生活在里面，在那里修剪草坪和灌木丛，仍然走上石头台阶，好像所有邻里都是同侪。他们漫步走过大学校园。夜晚，如同时间，给所有的建筑带来一种深切的尊严。夜色中图书馆前雕刻着的文字颜色幽暗，石头的质地，看着如此厚重。

"克兰兹，我们离开这里吧。这些房子好像有了魔力。"

"我明白你的意思，布里弗曼。"

他们走回到斯丹利大街后，布里弗曼不再感觉是在一部电影里了。他所想做的事就是给克兰兹祝福，祝他一帆风顺，心想事成。此外再没有别的什么可以对一个人说的了。

出租车开始在宾馆和旅店前排起长队来。过了半个街区你可以在一间装修成盲猪式样的桥牌社里得到一杯装在咖啡杯里的威士忌。他俩看着出租车司机们在单向街上打回转，这些司机和警察是哥们儿。这条街上的所有女房东、商店老板和女招待都和他俩相熟。他们是市中心的公民。可克兰兹却像只大鸟一样即将离开。

"你知道，布里弗曼，你不是蒙特利尔痛苦的仆人。"

"我当然是。你没看见我像基督一样被钉在皇家山山顶的枫树上？奇迹正在发生。我刚好还剩口气把这个消息告诉他们。'我早告诉你们了，你们这些冷酷的杂种。'"

"布里弗曼，你是个蠢货。"

然后他们的对话很快就停下来。他俩沉默地站在阳台上，看着夜间生活开始忙碌起来。

"克兰兹，你的离开和我有关系吗？"

"有一点。"

"我很抱歉。"

"我们该停止为彼此解释这整个世界了。"

"是的……是的。"

这些建筑如此熟悉，这街道如此有名。即使乔达摩在失去朋友时，他也会哭泣。明天一切都不一样了。他几乎不忍去明白这一点。克兰兹不会在这里了。这好像是一部推土机在城市的中心乱跑起来。他们可不是经常给对方写信的那种朋友。

克兰兹四下里长久地望着，"好了，"他说，语气像个坐在摇椅里的老农夫。

"好了，"布里弗曼漫声应着。

"到时间了，"克兰兹说。

"晚安，克兰兹。"

"晚安，老伙计。"

他笑了，与朋友互击了一掌。

"晚安，老伙计。"他俩四手相握了一下，然后各自回家了。

17

蒙特利尔整个城都在疯狂购买"莱德贝利"和"纺织"乐队的唱片，穿着貂皮大衣冲到葛素演出大厅去听皮特·西格唱社会主义的歌。布里弗曼作为民谣歌手，又小有名气，也受邀去了那次聚会。女主持人在电话里委婉地提示他带着吉他来，可他没这么做。他足足有数月没有摸琴弦了。

"拉瑞！见到你真好，都好几年了！"

"丽莎，你看起来真美！"

他一见到她流露出的欣赏眼神马上赢得了她，因为他俩共同住过的这条街，因为他知道她身体的白，因为她的身体被他的红色琴弦吸引。她低下她的眼。

"谢谢你，拉瑞。你终于出名了。"

"几乎寂寂无名，可出名是个好词。"

"上星期的电视里有你的采访。"

"在这个地方，上电视接受采访的作家只有一个原因：给整个国家添个笑料。"

"每个人都说你很聪明。"

"每个人都是恶意的闲话。"

他给她拿了杯喝的，说了会话。她对他说起她的孩子，两个男孩，他们交换着家人的近况。她丈夫正出公差。他和她的父亲都在这个地方开了几个自动保龄球球馆。得知她独自在家的消息勾起了布里弗曼的遐思。当然她是一个人在家，当然他就在那个晚上遇见了她，她会把自己交给他。

"丽莎，现在你有了自己的孩子，有没有想起过自己的童年？"

"我总是承诺自己，一定要记得是如何长大的，然后从那个角度来对待我的孩子。"

"你做到了吗？"

"这很难。你一定会惊讶自己忘掉了多少东西，记得的时光是如此少。通常你是当即作出反应，希望你的决定是最好的。"

"你还记得柏莎吗？"这个其实才是他想问的问题。

"当然，可她不是——"

"你记得我吗？"

"当然了。"

"我那时什么样？"

"如果我告诉你那时和任何一个十多岁的男孩子没两样，你大概会不高兴。我不知道，拉瑞。你是个好男孩。"

"你还记得士兵和妓女的游戏吗？"

"什么？"

"你还记得我的绿短裤吗？"

"你开始发傻了吧……"

"我希望你记得一切。"

"为什么？如果我们记得一切事情，就什么都干不了了。"

"如果你记得我所记得的，这会儿你应该和我在床上，"他盲目地说。

丽莎仁慈而智慧，或者对他的话感兴趣，没有取笑他。

"不，我不会记得。即使我想记得，我也不会这样做。我太自私，或者太害怕，或者过于拘谨，不管是什么，总之我不会让我现在拥有的一切受到威胁。我想保持我拥有的一切。"

"我也是。我不想忘记曾经和我有过关联的任何人。"

"你也无需这样。特别是我。我很高兴今晚遇见你。你一定要到我家里，认识我的先生卡尔和孩子们。卡尔好读书，你俩一定能聊得来。"

"我最不想做的事就是和人谈论书，即使是卡尔。我只想和你睡。就这么简单。"

他原打算用他的胆大妄为迅速解除她的戒备，可是他只是让两人间的对话变得时髦起来。

"对我来说可不简单。这么说我可不是想显得有趣。你为什么想和我睡？"

"因为我们拉过手。"

"这就是原因？"

"人们应该为将他们联系在一起的一切事物而倍感幸运，哪怕是他们之间的一张桌子。"

"可是你不能和所有人都有联系。这种联系对他们也毫无意义。"

"对我有意义。"

"可上床是男人和女人获得联系的唯一途径吗？"

布里弗曼用一种调情的方式回答了她，并不是来自他的真实经验。

"那么除此之外又有什么呢？对话？我就在这个行当里头，我可不信文字或者诸如此类的东西。友谊？男人和女人之间的友谊若不是以性为基础，那不是虚伪就是受虐狂。当我看见一个女人的脸因为高潮呈现的样子，我们就真正触到了彼此，我才知道我们是相遇过。除此以外只不过是虚构而已。这就是我们当今使用的词汇，存留的唯一语言。"

"那么，这种语言没人可以理解，只不过成为一个泡沫而已。"

"那也比沉默好。丽莎，我们离开这里吧。随时都可能有人走上来问我为什么不带吉他，而我很有可能揍他的嘴。我们去喝杯咖啡吧，去个地方。"

她温和地摇摇头："不。"

这是他听到过的最完美的否认，因为里面有尊严、欣赏和坚定的回绝。他信服了，游戏结束。他现在可以舒心交谈了，看着她，回想着当年那些戴白手套的青年男子用他们的加长轿车载着她离开的样子。

"我可从未听到过这么好的拒绝。"

"我以为是你想听到的。"

"你如何变得这么该死的智慧！"

"留神，拉瑞。"

"瞧瞧这都是谁啊，"女主持人容光焕发起来。几位嘉宾跟在她身后。

"我从来没听过你弹吉他，"丽莎说，"我很想听听。"

他拿过这把别人的吉他，开始调音。录音机关了，人们都将椅子凑拢了，或者坐在厚地毯上。

这是把好质量的西班牙吉他，木头很轻，低音弦的共鸣效果好。他已有数月没碰过琴弦了，他刚试着弹了个降 A 调，暗自高兴自己同意了过来演奏。

第一个和弦对于他总是很重要。它有时候听起来微弱而平淡，这时候他能做的就是将乐器放下，因为音调无法调准，而且他所有的发挥听起来都像商业广告。他一旦拿着吉他，对手中的乐器没有恰当的尊敬或深情，这种情况通常会发生。好像一个顺从的冷感女人指责他。

但若是碰到好时候，音调厚重而萦绕不去，他几乎不能相信是自己在弹奏琴弦。他望着自己快速急弹的右手和如同跳芭蕾一般舞动的左手在琴柱上来回演奏，惊奇着到底是什么将这动作和空气中的音乐联系在一起，这音乐看起来似乎是来自木头本身。

他给丽萨弹着吉他唱歌的时候就是这个样子，他唱着西班牙内战时期的歌，不是作为一名党徒，而是作为一个特瑞西厄斯①式的

---

① 特瑞西厄斯，希腊神话中底比斯城中的盲先知。

历史学家。他唱着缺席之歌，畅想约翰·唐恩的美妙开篇：

> 最甜蜜的爱！我不离开
>
> 为了你的疲倦，

这是所有情歌的精髓。他几乎不是在唱歌词，他只是出声念着。他重新发现了多年前感动他的诗篇，这从容的诗句漫不经心地交出自身，在结束之前，击中了他。

> 我宁愿是在某座幽暗的山谷
>
> 在那太阳永远无法照耀之地，
>
> 也不愿看到我的真爱爱着另一个
>
> 而我知道她本该属于我。

他弹唱了大概有一小时，所有的旋律都是指向丽莎。他这么唱的时候，希望他能够解开这红色琴弦，让她自由。这是他能够给她的最好礼物。

当演唱结束时，他小心地放好吉他，似乎这吉他已经包含了他美好的部分。丽莎说："这个比你说的所有一切都更能让我感受到和你相连。欢迎你不久会到我家来。"

"谢谢你。"

他很快就溜出了聚会，到附近的山间漫步。他凝望着月亮，它很长时间一动不动。

18

四天后的凌晨一点半电话响了。布里弗曼惊跳起来去接，很高兴自己的工作日常安排被打断。他就知道她会说什么。

"我就知道你没睡，"丽莎说。

"我没睡。可你该睡了。"

"我想见你。"

"我也想见你，可我有个更好的主意：放下电话，去看看你两个孩子的卧室，然后去睡觉。"

"我都看过了，两次。"

这是个自由的国度。旧的禁忌遭人厌弃。他俩都是成人，不会被人叫去用晚餐。她是二十来岁的白富美，有辆跑车和一个正出门在外的丈夫，真是个经典商业广告里的寡妇。他是独自一人，失眠，还有一堆糟糕的手稿。

布里弗曼，你这腌臜的好色之徒，你的房间如同你伪善的微笑一样空洞无物。我就知道她会送上来的，克兰兹。

她打破了沉默。"你想让我过来吗？"

"想。"

他将脏衣服胡乱塞进壁橱，将一只沾着鸡蛋的碟子插进一摞干净碟子里。他坐在桌边开始慢慢捆扎他的手稿，带着一种陌生的愉悦感这样做着，似乎他现在有了一个特别的权利来谴责这手稿。

她穿着宽松长裤，黑发松散着，显然是梳理过不久。她给这间屋子带来一股子新鲜的劳伦斯山脉的芬芳。

"你闻起来好像是刚从滑雪坡上下来。"

他给她倒了杯雪莉酒。几分钟内他就知道了整个故事。她的丈夫并不是像她说的那样在做一个穿越加拿大的商游，启动新的保龄球馆。他是在多伦多和另一个女人住在一起，一个加拿大广播公司的雇员。

"我爸爸有一个完整的侦探调查报告。我不想知道细节。"

"这种事是有的，"布里弗曼说着，事情的陈腐平庸将他最后的词压成了含糊不清。

丽莎说着话，平静地小口小口抿着酒，远没有失掉她刚进屋时带来的那种冷静。他能感受到这个，还有她所有珍惜的事情。她已经将情绪留在家里了。她清楚这种事情是有的，她明白一切事情都可能发生，这又如何呢？

"他会回来的。"

丽莎用她的眼神告诉布里弗曼，她丈夫不需要他的辩护。

"你爱他，丽莎，你爱你的孩子，还有你的家。这是很明显的事情。"

她低下眼，细究起酒杯来。他猜她肯定是在回忆起自家的那一排排水晶酒杯，将他房间的陈设与她家的摆设比较。可是她来是为了复仇，而情形越不愉快，则效果越好。也许她根本就不寂寞，也许她被冒犯了。

"我不想在这儿讨论卡尔。"

"我很高兴你过来。那晚的聚会你让我感觉好极了，你听我唱歌的样子。我以为不会再见到你单独一人，虽然我这么想过。"

"奇怪的是我决定你是我唯一可以见的人。"

也许她可以向他表达她的复仇之情，因为他不是她生活中的一部分，他是一个秘密，他也不是一个全然的陌生人。如同在异乡遇见一个来自故乡的人。

这样，他们可以坐在一起，也许他还可以执着她的手，两人谈着事情变来变去变成这个样子；他俩还可以手挽着手沿着舍布鲁克大街散步，夏末将至；他可以陪着她，用友情给她安慰。或者他们可以马上上床。这两者之间没有中间地带。

难道这里只有一种不可避免的结果吗，而且是让人厌倦的那种？他朝她走过去，吻了她的嘴。她站起身来，他俩抱在一起。他俩同时感觉到在这个时刻两人都无需思考和语言。她厌倦了冒犯，而他则厌倦了自己想弄明白为什么想要她的身体，或者任何身体。

他们做了爱，如同他以前做过很多次的那样，一种对运气和境遇的对抗。他赞美了她的美，还有她由于经常滑雪而保持得很好的腿形。

可是他并不是在和当年的那个女孩丽莎睡觉。他没有重返那个保姆们看着孩子们试航帆船模型的公园。他没有在她的裸体之上建造一个神秘的车库。他是在和一个女人做爱。但不是丽莎。当他们躺在一起，说着话，然后终于谈到他们的童年和这座城市，他就知道这不是丽莎。那份契约被诅咒所妨碍，永远不会得到履行。也许，这是一个他刚与之开始一段风流韵事的女人。那个越长离他越远，长成了拥有美妙的乳房、加长轿车和成人香烟的女孩子，不是平静地躺在他身边的这个女人。那个女孩子老躲着他，让他总费神猜想。

她穿好衣服要离开的时候，太阳已经升起来了。

"好好歇着吧，"她说，"我明天会给你电话。你最好别往我家里打电话。不要往家里打。"

他走到窗边看着她开车离开。她摇下车窗朝他挥手，突然他俩彼此使劲挥了很长时间，比所有人的时间都要长，都要使劲。她在哭泣，手掌朝上向着他，来来回回地，好像紧急信号灯，似乎要抹去早晨的空气。所有的契约、誓言和协定，旧的和新的。他斜探出窗外，打着手势同意要忘记这个晚上，让她自由，因为他想得到的所有关于她的一切，已经在某个下午解决了。

19

有人说没有人能真正离开蒙特利尔，因为这座城市和加拿大一样，注定了要保存往昔，那个发生在别处的往昔。

这往昔并不是保存在建筑或者纪念碑里，这些都容易坍塌，以便获利。这往昔是在她的市民的记忆里。他们穿的衣服和他们的工作只不过是时尚的伪装罢了。每个人都说着父亲的语言。

如同这里没有加拿大人一样，这里也没有蒙特利尔人。如果问一个人他是谁，他会说出一个民族。

所以街道频繁地变化，高楼大厦衬着圣劳伦斯河，形成一幅剪影。可是这城市有些不真实，没有一个人相信它，因为在蒙特利尔没有现在时，只有往昔声称的胜利。

布里弗曼逃离了这座城市。

他母亲每天给他打电话。她独自一人，他明白这意味着什么吗？她的背酸痛不已，她的腿肿胀。人们都问及她的儿子，她不得不告诉他们他是个工人。

布里弗曼将听筒放在床上，让她说话。他没有气力也不会说些好听的给她安慰。他坐在听筒旁，说不出话，也无法思想，只意识到她单调的刺耳声音。

"我今天照镜子都没认出来自己，身体不好，脸上全是皱纹，都是想儿子想的。这是我活该吗，伺候一个病恹恹的丈夫十五年，儿子也不关心他妈妈的死活，关心他妈妈躺着的时候是像块石头还是像条狗，这是你妈妈，唯一的妈妈，一个妓女也不会像我这样忍受自己儿子的所作所为，我什么都不缺吗，我每天都有巧克力吃吗，我付出了那么多，有钻石来报偿我吗。十五年啊，我什么时候为自己想过了，在俄国时两条腿都断了，脚踝也肿着，肿得医生都吃惊，可是我自己的儿子忙得没有时间听这些，我整晚整晚躺在电视前面，有人关心我做什么吗。我曾经是那么一个快乐的人儿，一个美人儿，现在我丑陋不堪，走在街上人们都认不出我来。我的生命都付出去了，我曾经对每个人都那么好，一个母亲，你一生中只会有一个母亲，我们能活多久呢，一个母亲是脆弱的，是你最好的朋友，这整个世界上有谁在乎你身上发生了什么事情，你倒在街上人们照样走过去，而我躺在这里像块石头。世界上所有的人都跑着去探望他们的母亲，可是对我儿子可不是件事儿，他可以有另外一个妈妈，我们就活一次，一切都是梦。这是幸运……"

她说完时，他说："妈妈，我希望你感觉好些了。"然后就说再见了。

她这段时间一直在看心理医生，似乎没什么起色。她一直在服他开的药吗？她的声音听起来越发歇斯底里了。

他逃离了他的母亲和他的家。

他曾经以为他那些瘦高的经常穿着深色服装的叔伯们是精英阶层的王子；他曾经以为犹太教堂是他们被净化之地；他曾经以为他们的生意是封建的仁慈。可是他如今已经长大到足够认清，其实他们当中都没人想过要装装样子，装成是他所以为的这些样子。他们为自己在金融界和社区里获得的成功而沾沾自喜。他们喜欢成为第一、受人尊重，站得离祭坛很近，被牧师传唤着去举起经文卷轴。他们不承诺于任何其他理念。他们不相信自己的血是神圣的。他从哪里得到他们的观念呢？

他看到拉比和唱诗班的领唱人穿着白袍走动，烛光照在他们戴的祈祷披肩上的刺绣字母上；他站在叔伯们当中，和他们一起鞠躬，加入他们回应的祈祷声；他跟随着祈祷书，这一宏大庄严的编目——

不，他的叔伯们还不够庄严。他们很严厉，但不是庄严。他们似乎并没有意识到这仪式是多么脆弱。他们只是盲目地参与，如同这仪式将永续。他们没有意识到他们是多么重要，这重要并非自身的重要，而是他们对于咒语、圣坛和仪式的力量来说多么重要。他们对于奉献之事的技巧全然不懂，他们只是奉献而已。他们从未想过这些仪式与混乱之间的距离如此之近。他们的高贵地位实际上也是岌岌可危，因为这高贵只是他们所继承的遗产，而不是建筑在毁灭面前每时每刻的创造。

即使在仪式最庄严或最愉悦的部分，布里弗曼心里早已明白整个过程在顷刻间变成荒芜的可能。唱诗班的领唱、犹太拉比和被选中的普通教徒站在打开的圣柜前，怀抱着《旧约》卷轴，看起来活像穿着浆过的硬邦邦的衣领的皇室孩童，然后一个个回到各自的金色隔间里，美妙的旋律飞扬，宣称律法就是生命之树和通向和平之路。他们难道看不出这些都必须从众人那里得到营养吗？所有这些低头鞠躬、习惯性地按照仪式程序行事的教徒，他们不明白是另一些人写下这些所谓神圣的经文，是另一些人因为困惑而感到局促，从而发展出这些看起来像是永恒的姿势。他们将这些仪式看成理所当然，而实际上这些仪式不过是正在他们手中死亡的事物。

可他为什么要担心这些？他又不是先知，而且这些人也没碍着他什么。他甚至一点都不喜欢这些人，或者他们以此为偶像的上帝。他在这些事情上没有权利这样做。

他也不想责备任何人。为什么他该觉得是这些人将他带到这个让人失望的世上？他如此尖酸刻薄是因为他无法得到他们笨拙地宣扬的那套遗赠。他很想成为他们当中的一员，可是却不能。这是对团结的怀旧。为何他父亲的痛苦会卷入进来？

他避开这座城市。他用赞美污染了街道，他对特定的几段铁铸的栏杆期望太多，几座特别而古怪的炮台，通向山间的阶梯，圣劳伦斯河上的几座大桥在晨光中呈现的景象。他厌倦了那些他曾试着归咎于公共广场和花园所创造的神秘；他厌倦了他曾试着将皮尔大街和豪华公寓卷入的那种气氛。这座城市拒绝在他悬挂于建筑之间的那层伤感的薄雾之下安然休憩。它再次声明了它的漠然。

他一动不动地立着。

纽约。他住在国际学生公寓里。他公寓房间的窗户正对着哈得孙河。这不是他的城市，他无需记录下它丑陋的壮丽，这让他宽心不少。他随心所欲地在这座城市的各条大街上四处浪荡，无需将街道的名字放进他要写的故事里。纽约已经被唱颂过无数次，而且是被很多著名的音喉。这让他得以肆意地注视和品尝这座城市。每个人都说着某种英语，没有憎恨，他到处都可以和人搭上话。他在早晨的集市里游荡。他问装在冷冻盒子里，冻得硬邦邦的、发着银光的鱼的名字。他更频繁地参加各种讲座。

他在那里遇上一个美丽绝伦的姑娘，开始追求她。雪儿。

第三部

1

　她中间的名字是马歇尔，取自她母亲的一族，可大家都称她雪儿。

　她的祖先很早就漂洋过海，因此她母亲成为"美国独立革命之儿女"其中的一员。这个家族出了两个资历平平的参议院议员和几个非常成功的商人。在过去的七十五年里，家族中所有的男性（愚不可及的除外）都进过威廉公学，雪儿家有四个孩子，雪儿排行第三。她的长兄是其中一个没能进入威廉公学的倒霉蛋。为了调和这种羞辱，他和一个浸礼会的女教徒私奔了，养了孩子后和他的女人时常为孩子的教育问题争论不休，他的老父亲虽然对他私奔一事耿耿于怀，但听到儿子为了孙儿的教育问题与媳妇争论不休，心下还是比较安慰的。

　雪儿在哈特福德市郊一栋宽敞的白色宅邸中长大，她的外曾祖父创建了一所银行，业务非常繁荣。宅邸的花园里有座石头砌成的喷水池，宅邸周围土地数顷，有一条小溪穿过，她爸爸在里面放养了鳟鱼数条。在次子结了颇为理想的婚并搬到匹兹堡之后，雪儿和她的妹妹得了两匹马作为礼物。她父亲随即建了马厩，白色宅邸的迷你版。她父亲很喜欢按照他家房子的样式建造这样的迷你版。然后他又在小树林里建了一间鸡舍、一间兔子繁殖室、一间玩偶屋，还有一间给鸟儿们的休憩小窝，都是按白色宅邸，那栋给人住的房子为原型造的（他们提醒周末过来的宾客们）。

房子的建筑设计充满了仪式和庄重感。雪儿的父母二人都是美国历史热情而恳切的读者，也热衷于收藏殖民时期风格的家具，颇为自己的收藏丰富而骄傲，都不用远游去欧洲，每日就能沉浸在欧风里。

每年春天，雪儿都要负责将剪下的鲜花放进石头喷水池里。她很尽职尽责地履行一个女孩子应该做的事情。她觉得自己的妹妹举止太粗鲁，很想知道母亲在和丈夫意见不合时，为什么一副受了伤害的样子，为什么会提高声音说话。她不仅相信那些童话故事，她还试着将豌豆放在床垫下面，看自己的肌肤是不是和豌豆公主一样细腻敏感。

她恨她长而浓密的黑发，每次洗头之后总是梳理不清，还得了个外号叫"祖鲁人"。可是她也不想剪掉，想着有一天可以将长长的头发从塔楼上的窗户里放下来给情人当梯子。她一点也不喜欢自己的身体，深信这不是公主的身体，总是哪里没长好。她羡慕她妹妹的乳房，还有她直直的赤褐色头发。她用发刷狠狠地梳理自己的长发，至少要梳了两百次后才算数。她妹妹的男朋友要吻她时她简直惊骇不已。

"为什么？"她想知道个究竟。

这个男孩子可不知道为什么。他只知道自己的行为要么被接受要么被拒绝，但可不是这样被审查的语气。

"因为，因为你可爱……"

他说的时候好像在问一个问题。雪儿转身跑了。草地看起来似乎突然变成了白色，树也是白色。她扔掉了要放到喷水池里的鲜花，因为它们也是白的，而且和骨头一样脏。她是一只骨灰地里的蜘蛛。

"是《春》，"布里弗曼听到这个故事后评论道，"不是波提切利的，而是贾科梅蒂①的。"

"你是不会让我保存任何一段丑陋的回忆的，是不是？"

"不会。"

除此之外，一个纤细的美国女孩跑过树林撒落一地野花的画面，布里弗曼无法抗拒将它收藏在自己的记忆里。

雪儿总是钟情清晨的景象。她自己的房间原先是做苗圃室用的，因为有一扇朝东的大窗，她向父母要求做成了自己的房间。父母允许她选择自己喜欢的壁纸。阳光照在白色的棉床罩上。这是她的奇迹。

显然，生命不全是罗伯特·弗罗斯特和《小妇人》。

---

① 贾科梅蒂（1901—1966），瑞士雕塑家、画家。作品有《喉咙被切掉的女人》等。

一个星期天早晨，她躺在母亲的床上，两人听着收音机里的儿童节目。大片大片的雪花如同结了籽的蒲公英，斜着飘过窗格子。雪儿的头发用一根黑丝带系着，顺服地散在胸前。她母亲用手绕着雪儿的头发玩。

电台里一个孩子唱着一段简单的咏叹调。

"爸爸真傻。他说你们一下就长这么大了，以后这个房子会大得慌。"

"他永远都离不开他那些鱼啊、鸡啊的。"

她母亲的手指一直闲适地在雪儿的头发里绕来绕去，这会儿只是用大拇指和食指在逗弄了，几缕头发在她的指间。这个动作很像讲价的买家在试着西服上衣翻领用的布料，只不过她手指的动作更有韵律，停留的时间更长些。

她茫然地笑着，直直地看着雪儿的脸，可是雪儿却无法接触到她的眼神。这个动作让头发变得像是一种不属于个人的东西，不属于雪儿。毯子在移动。她母亲的另一只手在毯子底下动着，同样的韵律。

这里有一种沉默，当我们亲近的人做出一些恶行，或者某种上瘾、自我沉溺等事情，我们的反应就是这般沉默，可这并不等同于反对。雪儿一动不动地躺着，看着外面的雪花。她现在是在雪花和母亲之间，可与两者都没有联系。

播音员邀请了所有的男孩儿和女孩儿去参加下个星期的大篷车队，他们要去遥远的希腊。

"呵，我们真是懒家伙啊！该起来了，娇美的小姐……"

雪儿花了很长时间才穿好衣服。这所房子感觉非常古老，被用过的餐巾纸、用旧的吊袜带和用钝的刮胡刀片的幽灵附体。她几乎没有孩子的无法无天，就遭遇了成人世界的虚弱。

他父亲从林中散步归来，红光满面，精神焕发，吻着她的母亲，雪儿仔细看着。她为父亲的失败而怜悯他，她明白，他的失败，就如同他对白色宅邸的迷你模型、对养动物的雅兴一样，都是他的一部分。

没过几年，她母亲就出现了更年期的症状。她开始在家里一天到晚都穿着毛皮大衣，戴着太阳镜。先是暗示，然后是明说她牺牲了作为一个音乐会钢琴演奏家的职业生涯。一旦被家人问及她是为了谁，她又拒绝回答，然后将恒温器调低。

她的丈夫将她的种种古怪行径只当做一个玩笑，即使她对两个女儿的攻击有时充满了恶意。他让她成为了这座房子里的孩子，和往常一样，在餐前餐后都要吻吻她。

雪儿深爱她父亲对待母亲的这种方式，相信自己在父母和谐的婚姻生活里长大真是幸运至极。可她也清楚，她父亲对母亲的耐心、给她的亲吻，都是一些小小的偿还，偿还他对她欠下的永远还不清的债。

可这种神经质的事件带来了毁灭性的后果，它在雪儿和她妹妹之间制造了敌对情绪。她们的母亲用她那种完美无缺的直觉怂恿了姐妹间的这种敌对情绪，这种直觉是住在同一个屋檐下的人们对彼此的痛苦了解之后通常会有的。

"我记不得你们两个谁出生时最让我疼了，"她回忆道，"幸好你们不是双胞胎。"

雪儿的父亲每天早晨开车送她去上学。他坚持两个姐妹去不同的学校。对于父亲和她来说,这是一天里美好的时光。

坐在车里,她看见树林倒向后方。雪儿遗传了父亲对树木的热爱,她知道父亲一直为这个而万分高兴。这比她自己的喜悦更加重要,而且引领她进入了女人的阶段。

他很小心地开着车。他肯定不情愿转过头来看着她,这个如此珍贵的货物。他肯定不敢置信自己和她有任何关系,她是如此娇美可爱。而且他肯定一直在惊讶为什么她会相信他告诉她的事情。她十六岁的时候他给了她一辆车,一辆二手的奥斯丁。

学校不过是一连串的房子。还有好多树和修剪整齐的灌木,很多建筑都被风化了,或者是故意造成这种看起来被风化的格调。注册登记上能看出来老派的有钱人的子女都集中在这里,没有人可以非难学校当局乔张乔致,将新生的教学楼装饰成早期的美国风。

学校的课程安排不是为了培养艺术家、革命家或者陶艺师。这栋小小的红房子,不过是华尔街的翻版,它将女孩子们作为社会的装饰品来培养,而不是对社会提出疑问,或者颠覆它。

雪儿一副正正经经的样子。她坐在图书馆前的草地上,将裙子理理好,遮住膝盖。

让我们这么说吧,她穿一件蓝色裙子,读的书是艾薇·康普顿·博内特[①]的一段冗长的对话,她的黑发编成一股辫子。

---

① 艾薇·康普顿·博内特 (1884—1969),英国小说家。

如果她希望想想某件事情，她会小心地放下书，支着一只胳膊；也许还用一根手指心不在焉地翻弄着书页。

她知道自己代表了某种不朽的事物，她坚信这一点。她是这栋房屋前面的女孩。她的年龄是在前台突出的位置，这十五岁的身体，她的头发在阵阵的微风中，好像就是为了赞美这好天气和古老的石头。她清楚这一点，所以她这样调整着自己脸上的表情。

她一定要保持这样的姿势不动，然后那个不知名的上了年纪的男子从四边形的一边走过时，如果他碰巧朝她坐的地方看过来，他会看见一件完美的事物，如此安静，这个在门廊前的女孩，这样的风景是心之所向。这样呈现是她的责任。因此，她肃穆安详，而周围的世界崩溃成塑料。

她爱下午这种直射的光，好像这光是直接来自灌木丛，而且，在某个珍贵的时刻，是直接来自地面。

她一定要找到一种姿势坐在那光里。

2

布里弗曼震怒了。他不想移动这床。他只想爬进去，搂着她，然后一起入睡。

他们开了一整天的车。他不清楚他们是在哪儿，可能是弗吉尼亚，而且他也不知道那间旅馆的名字。

房间里的木头家具是褐色的，松垮的墙纸背后不定藏着各种可恶的虫子。他那么累，顾不上在乎这些了。最后的一百多公里她基本上是睡在他肩头上的，她对一路上的驾驶遇到的麻烦不上心，这几乎让他有些恨意了。

"这该死的床放在哪里不都一样，有什么关系？明早八点不到我们就离开了。"

"那我自己挪。"

"雪儿，别犯傻了。"

"挪一下，我们早上醒来就可以看见树了。"

"我不想一大早醒来看见树。我想看到肮脏的天花板，让一块脏石膏葡萄藤落到我眼里来。"

她很抗拒那张丑陋的铜床。好几代的沉睡者在上面睡过，床的位置从未变过。他想象床底下一蓬蓬的灰团。他叹了口气，走到床的另一头。

"我说过让我来开的，"她为自己在车上精神不济而睡着找理由。

可他无法忍受整晚都受指使，毫无办法地坐在一个加速的驾驶者身旁。如果他必须横冲直撞开下公路的话，闪着霓虹灯的汽车旅馆和汉堡包如同那些时常在他脑海里闪过的模糊不清的画面一般古怪地吸引了他，他自己想掌握这一团混乱。

"况且，乱移东西也有些不敬吧。"

雪儿使劲地推着，抓住铜床把手的指关节都发白了。

这让布里弗曼想到修女的手，消毒水泡过，干着修道院的杂活儿而发红的一双手；他总以为这双手是那么纤柔，她的身子就是这样的。一开始人们会以为她是时尚杂志的模特，高挑、小乳房、骨感、纤弱。可是她发育完整的大腿根和宽肩膀改变了这最初的印象，而且在爱里他了解自己是骑在一个无比柔软的肉体之上。在爱里她的鼻孔张大了，大到刚好可以破坏最初她那种精美无缺的协和印象，让人对她产生了肉欲。

她非凡的优雅出自一种非常耐久的、节制的和运动员般敏捷的特性，这种优雅通常来自那些没有意识到自己如何美丽的女性。

是啊，布里弗曼暗自想，反正有没有我她都能移动这张床。她是来自邪恶而粗陋房间的凯丽·娜珅①，而我是腌臜的醉鬼，对着一堆在尼亚加拉瀑布买的纪念品傻笑不已。她三百年前就学会了使用斧头，为了耕种而清理了新英格兰那片荒地。

现在床被移到了窗边。他坐下来，用张开的双手召唤她。他们柔情地拥抱彼此，都带了一种耐心，似乎都在等待从漫长车途的沉默里发展出来的恶意逐渐消散。

她终于站了起来，他觉得有点儿太快。

"我该铺床了。"

"铺床？这床已经铺得很好了。"

"我是说那头儿。我们都看不见什么东西。"

"你是故意这样吧？"

他为自己话音中的恨意吃了一惊。没有什么东西消散。

她调过眼神看他，试着让他明白。我一定要明白她的眼神要告

---

① 凯丽·娜珅 (1846—1911)，美国禁酒运动中的著名人物。

诉我的意思，我如此爱她的眼睛，这念头闪过他。然而他全然被愤怒控制了。他看了一眼他的行李，暗暗地威胁。

"劳伦斯，我们在这里。这是我们今晚要住的房间。我只需要五分钟就好。"

她很快行动起来，如同跳着一种丰收舞，床单飞起来，好像是她裙装的一部分。他就知道只有她能将这种杂事变成某种仪式。

她将枕头拍得松软了些，这将是他俩的头靠在一起的地方。她移走其中一层毯子，将它挂在一张难看的扶手椅上，重新将毯子折叠规整了一遍。然后又将一张小圆桌放进了壁橱，连着桌面上的小摆设：小桌布、花瓶和一个坏了的玩具盒，盒子里有一只剪嘴小鸟，原是用来剪烟头的，一股脑儿全放进壁橱。她打开他买给她的柳条筐，把筐里的书全拿出来，漫不经心地放在门旁一张大桌上。

"那你是不是也要把水池清理一下？还有陶瓷上的裂纹呢？你为什么不撬了地板，把它藏到地毯底下去呢？"

"好啊，只要你帮一把。"

他倒宁愿将地板从墙壁处扯掉，用魔术师的神奇让它完全消失，一根白色的香烟也消失了，是给雪儿的礼物。他宁愿将地板从它污秽的根部猛然拧下，然后像扔一根下颌骨一样将它们扔掉，在她已经开始毁坏的基础上完全毁灭它。

雪儿拿出他的刮胡用具和她的化妆盒，闻起来一股子柠檬味道。她带着些小小的胜利神情打开窗户，布里弗曼可以听见树叶在春夜里舞动的声音。

她已经改变了这房间。他俩可以躺进来，这间房子足够舒适到可以让他们爱或者谈天了。她倒并没有将它变成一个舞台，他们可以在台上面手拉手入睡。她只是把这间屋子布置成她以为他们的爱所要求的那个样子。布里弗曼清楚这不是他想要的。他倒希望自己能赞美她的布置功劳，可他实际上却想挫伤她，他恨自己这个。

可她难道不明白他并不想移动什么烟灰缸或者窗帘吗?

一盏小灯亮着。她站在阴影里褪去了衣服，很快钻到被单下，将被单一直拉到下巴。

对她来说，这间房子是变得更适宜了，布里弗曼想。换了别人都会夸赞她。她值得睡在一张鸭绒床上，被单铺得漂亮又舒适。可是这个我不能给她，因为鸭绒被必得和古堡相配，而古堡里又得要我的纹章刻在壁炉上方。

"来吧。"

"要关灯吗?"

"当然了。"

"现在这间房子对于我俩都是一样啊。"

他躺进被子里，小心地避免不去抚摸她。他明白自己的情绪会受到攻击。如同一个长期偏头疼患者，将信将疑地将自己交给那个总能消除这种病痛的按摩师，他僵直地躺在她身旁。

她熟悉他身体的这种僵直状态。有时候他会消失两三天，回来时他的身体就是这样，疏远而戒备。

有时一首诗会将他从她身边夺走，可是她已经学会了如何接近他，利用他教过她的关于她的身体和她的美。

他所在的这个地方，接受这四面墙，这钟，他熟悉的房门号，以及躺在这熟悉的局限的椅子里的这具熟悉的局限的身体，这是一种拒绝。

"你倒是宁愿这里更脏些，"她柔和地说，"最好水池里还有蟑螂。"

"只要开着灯，你就不会看见它们。"

"而只要关灯，你反正也看不见它们。"

"可就是在开灯和关灯之间，"布里弗曼开始饶有兴致地说，"你晚上回家，一开厨房的灯，这水池里黑压压的一片。然后顷刻间它们就消失了，你也不知道它们到底是消失去哪里了，然后它们留下来的这个陶瓷水池比你所能想象的还要白。"

"就如同那首关于白盘子里的草莓的俳句？"

"比那个更白。而且还没音乐。"

"你说话这语气好像我们是从最脏的贫民窟里奋斗出来的。"

"是的。不过可别要求我解释，否则它听起来更像来自一个优渥的中产阶级的最无知下贱的人的胡说八道。"

"我明白你的意思，而且我也知道你肯定在想我不可能明白你的意思。"

他确定她会触到他，她会揭开他，因此他会开始爱她。

"如同这可怕的水池是贫民窟的一部分，这华厦也是贫民窟的一部分。你想生活在这样一个世界，灯刚打开，一切事物从黑暗中跳出来。没问题，劳伦斯，这听起来甚至很勇敢，可是你不能长久地住在这样一个地方。我想将你每天回到的居所布置好，你可以在里面休息。"

"你让一个被宠坏的孩子显得很尊贵，你干得不错！"

这不是因为事物必将腐朽，也不是因为人类的工作成就必将转瞬即逝，他相信他比这个看得更深入。事物本身就是腐朽，人类的工作本身就是衰败，这座丰碑是由蛆虫建成。可能在这一个愿景里，在这样一个陌生者的知识里，她是他的同道。

"我们刚进来时你连一样东西都不愿意碰，你只想清一个角落出来睡觉就好。"

"不是睡觉就好，是爱就好。"他更正。

"你不喜欢我重新铺床，不喜欢我将床移到我们看得到树的位置，不喜欢我将那张难看的桌子移开。因为这一切意味着我们不能够忍受这肮脏。我们必须和这一切妥协。"

"是的。"

他找到了她的手。

"而且你恨我，因为是我将你带进这一切，如果你是一个人就不会受到局限，现在离天亮只有几小时了，车就停在外头……"

上帝啊，他转身朝向她，合上她的眼睛，这是他记忆中的她。他想，她原来了解一切。

3

麦克塔维什小姐高个儿，男子气概，是布林莫尔学院 1921 届的毕业生，她私下很自信地认为她是全美国唯一一个真正能读懂 G·M·霍普金斯①的人。

她也相信学术圈配不上真正的霍普金斯，因此也不愿意与他人讨论她的见解。因为这种自傲，她被排除在大学圈子之外。她可不想参加众人对于生命和艺术装模作样的讨论，这是对生命和艺术的背叛。

这种自傲，再加上她那可怕的鼻子，也让她独身至今。她明白能够与她交流的男子通常都狂野不羁、快活逍遥，不适合居家生活，而且已经将他们自己奉献给神圣的修道院或者登山一类的运动。

她将自己的激情都给了课堂上的诗歌鉴赏。她在讲堂上浑然忘我讲诗的时刻，即便是班上最愤世嫉俗的学生也知道一件重要的事情正在发生。雪儿如同门徒一般认真听讲，知道所有这些诗因为麦克塔维什小姐可笑的鼻子而更加美妙无比。

麦克塔维什小姐喜欢将那座新哥特派建筑风格的图书馆看作自己的家，在去图书检索的道上，她飘然走过很多埋头读书的头颅，如同一位女主人在主持一场盛宴。

一天晚上，站在那些彩绘玻璃的高窗下，她对雪儿说了些很奇怪的话。那些彩绘的形象无法看到，只能看见将每块彩色玻璃分开的铅条。如果桃花心木能被制作成半透明的颜色，并用来作为颜色过滤器，那就是这间宽敞而安静的屋子里光的颜色。这是冬天，雪

---

① G·M·霍普金斯 (1844—1889)，英国现代重要诗人。代表诗作有长诗《德意志号的沉没》和短诗《春秋》等。

儿感觉到外面正在下雪，她不能确定，因为那个下午她一直待在图书馆里，还没出去过。

"我一直在注意你，雪儿。你是我遇上的唯一一个真正的贵族。"然后她的声音有些哽咽，"我爱你，因为我想成为你，我一直想成为你这个样子。"

她伸出手，好像她刚看到面前有个人受了伤。麦克塔维什小姐马上从失态中恢复过来，抓住了雪儿伸出的手，很正式地握了握，好像她俩刚刚被人介绍认识。两个人都微微鞠躬了好几次，这时在一个外人眼里，她俩好像正准备跳一个小步舞。这一形象让她俩都如释重负地笑了。

是在下雪。她们心照不宣地开始走起来。主楼后面的松树幽暗高大，如同图书馆里的窗户一样细长，枝桠上一层层的雪将它们与夜色分开，看起来如同一具完整的鱼骨。

雪儿感觉自己是在一个骨头博物馆里。她完全感觉不到是在户外，只觉得自己还是在图书馆一处凶险的扩建部分里。而且她已经在召唤一种怜悯，她知道自己必须这样做。

麦克塔维什小姐用口哨吹了一个四重奏的部分。

这个四重奏结束在一阵喘息里。

"我从没有这样做过。"

她吻了雪儿的嘴，雪儿直直站着，从她老师嘴里闻到一股男人的酒味。她试着去想正在发生的事情，想去触摸她父亲和她开车穿过的真正的森林，可是她做不到。

"哈哈，"麦克塔维什小姐叫喊着，朝后倒在雪地上，"我真勇敢，非常勇敢。"

雪儿相信她。她被扔在雪地里，羞辱自身。她必须是勇敢的，如同拿着鞭子的修女，如同海上风暴中喝醉的水手。那些走进孤寂的人、乞丐和圣人，召唤那些他们留在身后的，这些呼唤比将军们得胜的欢呼更加高贵。她是从书里和她家里了解到这些的。

离这里不远是一条二级公路。一辆车的头灯穿过树林，又消失了，给这个女人和少女带来这种重新获得的秩序井然的外部世界，雪儿早已明白这个外部世界的功能一直是反抗杰出之事或杰出之人的。

麦克塔维什小姐将自己完全融入这场降雪之中。雪儿帮着她走出来。她俩面对面，如同在图书馆里那样。雪儿知道她的老师现在宁愿站在这雪中，没有宣言，还有未完成的吻。

"你足够大了，有些事情不用我多说。"

布里弗曼得知雪儿仍然和她的老师保持联系，他很惊讶。

"一年一两次吧，"雪儿说。

"为什么？"

"我接下来在学校的时间就是努力说服她她并没有毁了她在我眼中的形象，依然是深受我爱戴的英文老师。"

"我知道这种暴君。"

"我可以把你的书寄给她吗？"

"如果你以为让一个霍普金斯的专家厌烦是做一件善事的话。"

"这个也不全是为了她。"

"你想结束你欠她的债——"

"是。"

"通过成为她想让你成为的那个样子。"

"从某种程度上，是这样。我有一个国王。"

"嗯……"

他并没有被说服。

4

雪儿十九岁的时候嫁给了戈登·里奇·西莫斯。如同《纽约时报》刊登的那则消息一样，他彼时是阿默斯特学院的毕业生，而她是史密斯学校的一年级新生。

戈登的伴郎是他的同班，一个虔诚的圣公会教徒，出身银行世家，犹太人。这个伴郎自己也三心二意地爱着雪儿，梦想着自己也有这样一个妻子，让他的同化得到保证和巩固。

戈登想成为作家，他的求婚大都是文学的。他喜欢从阿默斯特学校给她寄厚厚的信。每天晚上，在他完成自己的学业论文之后，他就在笔记本上写满承诺、爱情和期望，信的风格模仿亨利·詹姆斯。

信笺成了雪儿生命中的一部分。她仔细地挑选合适的地方来阅读这些长长的交流，对雪儿来说，这远比一部小说中的章节更加让人兴奋，因为她是这里面的主角。

戈登召唤了整个世界的荣耀、秩序和教养，然后返回到早期的美国曾经经历过的那种更加朴素、对生命充满赞美的生活方式，凭着他的名字和爱，祈望和她一起复活。

雪儿深爱他的这种肃穆。

在通常看橄榄球比赛的周末，她试着安静地陪伴他，沉溺在一种有责任感的奉献的愉悦之中。

他身子瘦高，肤色白皙。角质架眼镜给这张总是梦幻般的脸平添了深思的气质。

在舞会上，他们安静的举止和几乎对任何事都低头沉思的兴致，让人们以为他们是年轻人的行为监护人，而不是舞会的参与者。你几乎能预计到这两人说出这样的话："我们喜欢和年轻人相处一些时日。如今很容易和年轻人脱节啊。"

和他在一起，雪儿那种让人惊异的年轻女子之美很快变成了一种上了年纪的优雅，如同女王的母亲，或者美国总统遗孀通常会有的那种气质。

那年夏天，他俩在乔治湖边的西莫斯家那安了纱窗的门廊上互相手淫了几次之后，宣布订婚。

婚后不久他就毕业了，然后马上去服军役。她开车送他去火车站时，想起他还没见过她完全裸着的样子，她身上有些地方他都还没碰过。她试着将这个看作一种赞美。

接下来的两年她也无法经常见他，有时周末约在这里或那里见见，可是这时候他通常已经累坏了。他写信的频率如果没有频繁到让人不安的话，至少可以说是鸿雁频传毫无倦意的。这些信件似乎在威胁着雪儿这种暂时的独居时期的平静，虽然这种暂时的独居是她所愿意承担的。

她喜爱自己的服饰，通常颜色暗淡，样式简单。她享受频繁地去拜访他的家人和自己的家人。而且她感觉到自己在这个世界上的位置：她的爱人是个士兵。

她几乎宁愿不拆开这些信件。让它们原封不动地、厚厚地躺在她的梳妆台上，成了梳妆镜的一部分，她平日就在这镜前梳她长长的头发，这梳妆台是他俩早先收藏的殖民时期家具，风格简朴。

一旦这些信件被打开，它们就不是他承诺的那样。它们向往肉体之爱，充满了性爱小道具，冷霜，口红，镜子，羽毛，以及那些私处可以发现扣子的游戏。

可是到了两人相会的周末，他终于回到两人的那套小公寓，却往往已经疲惫不堪，除了睡觉或说话，或者一同到小餐馆里吃饭这几件事，做不了其他事情。

信中的内容根本没有提及。

5

她坚信自己的乳房充满了癌变。

医生叫她把外套穿上。

"你是个很健康的女人，而且漂亮。"医生承认自己已老到可以恭维女性的年纪。

"我觉得自己很笨。我不知道那些隆起的癌变都去哪儿了。"

与此同时，在蒙特利尔的诗工厂，布里弗曼正在实习，培训自己成为她完全的医生。

6

戈登退役之后，他俩决定去纽约，在格林威治村的佩里街找了一套昂贵的公寓。他在《周报》那里得了份工作，负责"阅读"一栏，而且他的部分作品也被《周六评论》采用。雪儿成了《哈泼时尚》杂志一位编辑的专用模特儿，在拒绝数次受邀当模特儿这件事上，她确实是有些得意的。

在朋友们看来，他们的这套公寓很精巧。公寓里有一只没有指针的钟，用木头雕成，钟面上画了一朵玫瑰。一只很大的墙角柜，柜门由多块正方形玻璃镶成，他们在里头放了各种酒和高脚玻璃杯。他们费了好大劲才除掉原先的油漆涂料，再重新上色。

一个技艺熟练的画师画了一幅衣衫褴褛的孩子肖像，背景是黑色。这幅画悬挂在餐桌上方，让他们经常在此举行的小型晚宴显得颇为高贵。

他们都是一群好孩子，吃完他们的奶油虾仁汤，他们将接管银行，负责各种期刊，掌管国务院，接手这个**自由世界**。

在其中一次这样的聚会上，戈登的室友罗杰终于找到了和雪儿单独说话的机会，他彼时已经喝了六杯白兰地，有些陶然自醉。

"如果这个行不通，"他手指着戈登和雪儿多年来收藏的古董，

"就到我这里来，雪儿。"

"为什么？"

"我爱你。"

"我知道你爱我，罗杰。"她微笑着，"戈登和我也爱你啊。我是说，为什么这个会行不通？"

她手里拿着一只空了的银盘子，他在散落着食物残渣的银盘子上看到她倒映的脸。

"我不是温柔地朋友般地爱着你，我不是爱着你昔日的美好，我不是爱着你的甜蜜，"他开着玩笑；现在他严肃起来："我要你。"

"我知道。"

"你当然知道。"

"不，"她说，很庆幸自己还拿得住那只银盘子，"好朋友不行。"

"你不会快乐的。"

"哦？"

他的西装有点不对劲，裤子难看地吊着，他应该杀死那个裁缝；这间厨房也显得太小了些，他不够优雅。

"他从来没有动过你。"

"你敢对我说这个？"

"他自己告诉我的。"

"什么？"

"他在学校里一直就是这样。他做不到。"

"为什么？告诉我！"

这会儿消息成了最重要的事情。很显然罗杰以为雪儿会为了这个报偿他一个吻，他可是深谙交易之道啊。可是他发现自己的鼻子贴着了银盘底子。

"他就是不行，就这么简单。从来就不行。你们一直是个笑话，"他借他的权威背景又加了一句。

7

有谁会把这些高楼大厦真当回事儿呢？布里弗曼暗自思忖。就算是它们能在那儿挺立上万年，就算这整个世界到时都讲的是美国英语，那又如何？今天的安慰在哪儿？而且这位父亲每一天的礼物都在变重——历史，砖石，纪念碑，街道的名字——明天已经被压碎了！

安慰在哪里？那场能将他在此地变成英雄的战争在哪里？他的军队在哪里？他遇到过手腕上刻着数字的人①，有的人基本上已经废掉了，有的还很精明，而且非常安静。他的磨难在哪里？

吃垃圾食品，与警察的敌人混在一起，自愿去犯法？用暴力教训美国？在格林威治村忍受苦难？可是集中营如此巨大，不可想象。它们似乎从很高处降临到人头上。可美国却很小，而且是由人

---

① 指二战中手腕上被德国纳粹刻上数字的犹太人。

建造的。

在国际学生公寓的那间房子里，布里弗曼把胳膊撑在窗沿上，看着太阳点亮哈得孙河。它再也不是那种藏污纳垢的河流，安全套、排泄物和工业毒料的容器，一列列笨重驳船的航道。

有什么也能对他身体做这些事吗？

在这暴烈之水上肯定写下了些什么。一份来自上帝的宣誓。一份内容详实的命运图表。他完美的妻子的地址。一则选择他作为荣耀或者烈士的消息。

他的房间就在这座大楼内，在电梯升降井的旁边。他听着机械电缆和重量发出的声音。他来回抽动的手也一样笨重。对着哈得孙河的凝视同样单调。格兰特的墓碑上停着一只鸽子。窗户开着，很冷。

8

戈登和雪儿说着话。戈登很欢迎这次谈话，因为这又是一次用文学的方式处理他们之间的问题。既然他们已经将彼此缺席的身体看作是问题，也将他们各自问题的边界厘清，他们似乎就可以联系得稍微长久一些。

如同戈登所说，他们买下了这栋坚实的房子，为什么就因为其中一间房子无法打开而要去拆毁整栋房子？他俩相爱，而且都是知书识礼的人，迟早会发现解决的办法。当他们理智地寻求这个问题的解决方式的同时，他们不能忽视其他房间的联系。

如此，他们规划良好的婚姻持续着，真的，甚至茁壮发展起来。雪儿换了她的裁缝，戈登将他的政治观点更加向右偏移。他们在康涅狄格州买了块地，打算将那块地上的一座羊圈保存下来。他们还参考了一个建筑师的意见。

雪儿是真心喜欢他。一旦她想细细检查自己的感受时，她就要求助于对他的这种喜欢。这让她感觉有些厌恶，因为她可不想将自己的生命完全奉献给某种"喜欢"。这也并不是她想要的那种安静。一对舞伴之间的动作之所以优雅协调，是因为这优雅协调来自两具肉体间甜蜜的斗争。否则这种优雅只是夸张可笑的傀儡戏。她开始明白这种和平只是后续的结果。

现在看起来她似乎和他一样累。那些晚宴聚会成了不得不面对的折磨，房子成了一个巨大的工程。他们必须每隔一星期的周末就要去那里，而出城的交通真让人头疼。可是这块地要买的话最好是现在就买，明年的价格就要更高了。大件东西他们倒是已经打包好了，可是公寓里四处散着的饼干模具啊，烛台啊，鞋子支架啊，木桶啊，还有一架老旧不堪的纺车，他们舍不得扔掉。

雪儿开始相信戈登提到的那个比喻：他们已经生活在废墟里，若要保持清明，安心休息，那扇锁住的门是唯一的入口。可戈登已经费了大气力将所有的问题都妥帖打包好了，倒不是为了仔细反省，而是想将它们一股脑儿全倒进海里去。他不是那种激情澎湃的多毛男人，这不是他的本性，他几乎相信了自己是那样的人。只除了一件，和我们大家一样，他也喜欢做梦。在梦中学习到真理，在梦中所有的好事已经完成，不用爱怜。

一个女人局促不安地看着自己的身体，似乎她的身体是一场爱的战争中靠不住的同盟。雪儿在镜子里仔细观察自己的身体，镜子镶着十八世纪的边框。

她很丑。她的身体背叛了她。她的乳房如同两只煎蛋。她对戈登了解多少、他在他们失败的婚姻里负有多少责任都不重要。是她无法使她的肉、她的骨、她的头发完美。她就是这个女人，一朵难看的花，怎么能够怪他呢?

看看她的大腿吧，她坐下时大腿是如何可怕地摊开来。戈登又高又瘦，那么白皙，她的腿肯定比他的还重。阑尾炎深而长的刀疤毁了她的腹部。那该死的屠医。戈登不想靠近一个干燥的伤口，怎么能怪他呢?

这欲望让她闭上了眼睛，不是对于戈登的欲望，也不是对于什么王子的欲望，而是一个男人，一个可以让她重新喜爱自己的皮肤，在下午的阳光里坐在她身边的男人。

她的朋友们也有自己的问题。有人将她的第七杯马丁尼酒献给绝种的美国雄性。雪儿没有举杯，再说她也不喜欢这种女人聚会。祝酒的女主人为消失的美国农夫和猎场看守人而深感遗憾，为可依靠的车夫、马倌、送奶工人的消失，让位给了分析家和心理学家们而惆怅莫名。这种力量型雄性的失败并未让雪儿受到鼓舞。

这些裁缝都在干什么? 为什么所有这些被按摩过的四肢被束缚在昂贵的服饰里? 按摩又不是爱抚。精致的发型、袖子半开以露出性感的手臂，孩子们的眼形在眼线笔里得到弥补，到底为啥呢? 要让谁高兴呢？丝绒下的死亡。房间安排得很精致，墙纸上古老的图案设计，有格调的家具，保存下来的维多利亚时期的丰饶，把这些都围起来意味着什么呢？开端就错了。没有性交。它应该来自缠绕在一起的肉体。

浴缸水满了。她屈膝蹲着，在水里滋润自己的身体，她将手伸出水面，如同在一间冷房间里将手放在暖气片上那样，然后她往后仰躺着，打湿头发，完全沉浸在温暖的水里和柠檬香皂清洁的芬芳里。

9

众人迅速地登上石头阶梯。也许等他们走到大街上的时候，他们的生命就会改观，街道会用金子铺成，不同的家和家人在等待他们。

其中有两个男人比众人的速度都快，人群分开让他俩过去。他们的生命不在隧道之外。

布里弗曼换了速度继续往上走，研究着街道两旁的涂鸦，想着能将哪一个秘书从她下午的按部就班的工作中分离出来。他无处可去。通常这个时候他是在听课，自从那位有名的教授同意让他就他自己的作品写篇论文，他就放弃了在这段时间去听课。

"停！"

至少听起来像是停。布里弗曼停下来，可是这命令不是针对他。

"兄弟!"

他希望自己能明白他们的语言。为什么他以为自己知道这些词的意味呢?那两个男人在台阶上打起来,将布里弗曼逼得靠墙。他费劲地将脚抽出来,像一个人从流沙里挣扎出来那样。

可一转眼的工夫,这两个男人却紧紧拥抱在一起。随即传来一阵空洞的哼声,布里弗曼不清楚是来自其中哪一个。然后其中一个站起来跑了,另一个的头无力地耷拉在台阶边缘,喉咙处的伤口宽而深。

几个声音尖声叫着警察,一个医生模样的男人在浸在鲜血里的身体旁蹲下来,冷静地摇了摇头,一副这种事见多了的神情,然后起身离开了。他的出现让人群安静了一会儿,众人已经将通道围拢了,这个医生模样的男人消失之后,又是一阵叫警察的尖叫声。

布里弗曼想着自己应该做些什么才好。他脱下自己的夹克,想盖在受害人身上,不盖着脸,也许盖着肩膀就行。可是有什么用呢?你这样的反应是因为震惊,而那个喉咙处开着的口子却无法感到震惊了。在第十四街和第七大道拐角处的台阶上,那个伤口在缓缓流血。正好是下午一点,这可怜的城市的斗牛者。白底带白花的领带系得很漂亮,褐白相间的尖头鞋,刚刷过鞋油不久。

布里弗曼将夹克叠起来搭在臂上。那样做会把他牵涉进去,警察会问他为什么要把夹克盖在一具尸体上。一件染血的夹克作为一个纪念品可不是什么好主意。街上传来警笛声。人群开始解散,布里弗曼也随着解散的众人走开了。

走过几个街区后布里弗曼回想到若是两年前他会这么做的。一个小小的死亡，如同发现你不能再穿进那件旧睡衣，或者不能再用那只木槌让那只铃铛发出响来。

他为什么没有想到这个男人呢？

若是两年前他肯定会将夹克盖在他身上，这是一个姿态，让自己和这起事故发生某种联系。这种仪式已经消散了吗？还是一种病态的前兆？

一个纳粹青年的形象呈现出来。一列列金色的头颅掠过这个被刺杀的士兵。他们在伤口上降低了他们部队的旗帜，并作出允诺。布里弗曼咽下他的怒气。

一个隐秘的疑问一直存在。那个男人是谁？有时候这个问题会模糊变成"他是在哪里买的那双褐白相间的鞋"？他是在哪个角落里穿着这双耀眼的鞋四处招摇？这个男人是谁？他是那个早晨三点坐在地铁里瞌睡，穿着一身簇新西服，鞋上白色的部分有些磨损的男人吗？姑娘们喜欢他头上的生发油吗？他是从哪间破旧不堪的房间走出来，如同衣橱里摆着的那个塑料麦当娜一样俗丽耀眼？那个男人是谁？他要攀到哪里去？为什么争吵，那个姑娘在哪里，一共多少钱？那柄杀人的刀是从雾中的哪座桥掉落入水的？巴利·菲茨杰拉德①和那个新警员想知道一切详情。

他为什么没有想到这个男人呢？

布里弗曼靠着一个垃圾桶，开始呕吐起来。一个中国服务生从饭馆里跑出来。

---

① 巴利·菲茨杰拉德（1888—1961），爱尔兰戏剧表演家、电影演员。

"要吐到街上吐去。这是吃饭的地方。"

呕吐清洁灵魂，他走开时这么想。他和自己的身体一起走着，这具刚刚变得轻快了的身体，有着运动员般的体质。你被毒药充满，它在你的内部你的囊袋里酿造，你是一片沼泽，然后就是让人恶心的奇迹，吧唧！而你空荡荡的，自由自在，又开始你冷冽清洁的第二次机会。谢谢你，谢谢你。

这些建筑、门廊、人行道上的裂缝，城市里的树在阳光里明亮而精确地闪耀。他在他所在之处，整个儿的他，在一间干洗店旁，一股子清洁的用褐色布料包裹起来的衣服的味道。他不在任何他处。橱窗内是一个世俗男子的半身像，开裂的石膏衬衣和一根画上去的领带。他注视着这半身像，它没让他想到任何关联的事物。他为他所在之处异常欢喜。清洁而空荡，他可以从这样的地方开始，就在这里。他可以选择去任何地方，可是他不用去想这些，因为他就在这里，每一次新鲜的深呼吸都是一个开始。有那么几秒钟他是生活在一座真正的城市，一个有市长和清洁工，有各种数据记载的城市。就那么一秒钟。

呕吐清洁灵魂。布里弗曼记得这清洁的感觉。十岁的时候在福来文具店买学习用具。整个新学年就像一条卷起的龙，等着被削得尖尖的鹰牌铅笔攻克。新买的一排橡皮擦，迫不及待地等着要为清洁献身，为了获得"干净"的奖励小星。一叠叠簇新的作业本，还没有写下错误，比完美更完美。尚未弄钝的指南针，致命的，包含着成千上万个圆，太多太尖锐，不能放在纸盒子里。"成长牌"墨水，黑色的胜利，可以消除的错误。随身带着的从家到课堂的皮书包，空出来的手臂可以扔雪球，或者用栗子攻击同伴。盒子里的回形针重得奇怪，有标记的尺子和战斗机的控制盘一样复杂而重要，红色的易可贴标签可以将你的名字贴在任何东西上面。所有的用具都是性格温良的，尚未用过的。还没有什么成为失败的同谋。福来文具店的气味比刚买的报纸的气味还要新鲜。他对所有这些闪闪发光的中尉下命令。

呕吐清洁灵魂，可接着就是涌上来的苦水。纽约城在布里弗曼私人的城市里消失了。所有的事物都蒙上了一层薄雾，如同往常一样，他必须去想象事物的真实形状。他不再感觉到如同奥林匹克运动员一般的轻盈。那座石膏半身像让他想起几个街区外一个橱窗内的某些宗教塑像。它们由塑料制成，看上去俗丽，闪闪发光，一派兴高采烈的样子。这具半身像有些旧了，有点脏，那种穿过了的健身袜的白色。他试着将嘴里的味道吐出来。这石膏的衬衣、天空、人行道，所有的东西都呈现出浓痰的颜色。那个男人是谁？他为什么不了解纽约的民俗？为什么他不记得那篇关于他们在城里种下的某种树的文章，那种可以抵抗污染的空气的硬木？

他在第七大道上错了地铁，出地铁口的时候他发现身边都是黑人。要走出黑人住宅区太麻烦，他叫了辆出租把他带回去。回到国际学生公寓之后，那个开电梯的波多黎各人开着吱嘎作响的电梯将他带到十一层。布里弗曼希望他能明白这个波多黎各人哼的歌。他决定在出电梯时说"谢谢"①。

---

① 此处为西班牙语。

"小心脚下。"

"谢谢，"布里弗曼用完美的英语说。

他知道在打开房门之前他就会恨这个房间，房间和他离开时一模一样。那个男人是谁？他不想朝窗外看，看那个将军和格兰特小姐曾经站立过的地方，或者河边教堂顶上加百利的雕像，或者波光粼粼的哈得孙河，如此陌生而无聊。

他在床边坐下，右手紧紧攥着钥匙，钥匙在他打开门时就一直这样被他攥在手里，他用白齿咬着脸颊的内部。实际上他并没有看着这把椅子，可是椅子是他此刻心上的唯一形象。他一动不动地坐了四十五分钟。在那一刻，一种恐惧之波触及了他，他感到如果自己不努力动一动，他会永远这样坐下去。清理房间的用人会发现他已经冻结。

在咖啡馆里那个动作迅速的快餐服务员叫住他，要给他零头。

"您是想给我们吗，教授？"

"不，我还需要，山姆。"

"我是艾迪，教授。"

"艾迪？很高兴认识你，山姆。"

我失控了，布里弗曼想。他因为找给他的这些零头高兴得眼睛都湿润了。他在一张小桌子旁坐下，双手捧住一杯茶，享受着暖意。然后他第一次看见了雪儿。

太幸运了，她是独自一人，不，有个男人正朝她的桌子走来，他两只手里都拿着杯子，试着保持平衡。雪儿起身接过其中一只杯子。她有小小的乳房，我爱她穿的衣服，我希望她无处可去，布里弗曼暗自祈祷。我希望她就这么整晚坐着。他环视了一下咖啡馆，发现每个人都在看着雪儿。

他用拇指和食指抵住眼角，他的手支在桌上——这个姿势他总以为是做张做势。如同战时排在一起的桌子，这位上校签署了命令，这命令会让这些男孩子，他的男孩子们，去执行一项自杀式任务，然后我们看到他不为伤亡名单所动，所有的秘书都已回家，他独自和那些星罗棋布的战略地图在一起，接着可能出现一幅训练中的年轻士兵的蒙太奇，年轻的脸，特写镜头。

现在他可以相信了。这么长时间以来他这是第一次了解了自己。他不想去给兵团下命令。他不想站在什么大理石建造的阳台上。他不想和亚历山大一起并驾齐驱，成为男孩儿的王。他不想用他的铁拳击穿这城市，带领着犹太人，高瞻远瞩，众人跟随，额上有枚标记，在所有的投射里，在镜子、湖面、汽车毂盖上寻找这枚标记。不，不需要。他只想要安慰。他只想得到安慰。

他从滚筒里扯出一叠餐巾纸，用其中一张的边角擦干净钢笔的墨渍，又在纸上潦草写下九首诗，很自信地认为他在写下这些的同时她一定会留下来。他写的时候用力太重，钢笔刺破了餐巾纸，有一大半他自己都无法认读；倒不是这些诗有什么好，而是这个和诗其实没什么关系。他将残笺放进口袋，站起身来。他有了护身符的护佑。

"对不起，"他对着那个和她一起的男人说，一点儿也不看她。

"什么事？"

"对不起。"

"有什么事？"

我可能要多说十遍才行。

"对不起。"

"要帮忙吗？"话音里隐隐有些怒意。说话口音不是美国人。

"我能——我想和你身边的人说话。"他的心跳得如此剧烈，他觉得就像在新闻发布前的倒计时。

这个男人翻过他摊开的手掌，表示应允。

"我觉得，您很美。"

"谢谢你。"

她没说出口来，可她的嘴形显出这几个字，同时她很仔细地看着自己随意相握放在桌沿的双手，如同一个女学生那样。

后来他就走出去了，庆幸这只是间咖啡馆，而且他已经付了账。他并不知道她是谁，也不清楚她是干什么的，可是他毫不怀疑自己将再次见到她，并了解她。

10

婚后的第五年雪儿找了个情人，是在她开始一个新工作不久。她明白自己在做什么。和戈登的谈话并没有见效。他太急躁，不会好好说话。她希望他俩都去看心理医生。

"真的吗，雪儿。"他像个长辈似的对她笑着，好像她是一个信心满满朗诵《鲁拜集》的少女。

"我是认真的。我们买的保险可以付这笔账。"

"我认为没有必要，"他轻描淡写地说，表明这件事是他听过的最出格的事情。

"我认为有。"

"我读过西蒙·德·波伏娃，"他带着些温柔的幽默，"我知道这个世界对女人不好。"

"我是在谈我们两个。请你和我交流。别让这个晚上就这么过去。"

"等等，亲爱的。"他知道就在这一刻她是在向他提出异议，要求一次严肃的交谈。他怀疑这会不会是最后一次她如此对他质疑。他也知道在内心深处，他找不到什么可以和她这样交谈。"我真不认为你可以将我俩的生活看成一场灾难。"

"我不想将它看成任何事情，我只是想——"

"我们一直够幸运的了。"他开始谈及这间公寓的恰当布置、壁橱里雪儿的服饰、房子第二层楼的装修计划等，这些计划都摆在桌面上，他很想回到这些话题上。

"你想让我感谢你吗？"

"这个未免过分了，"他稍稍加了些英式口音，让她明白自己有些生气了。"我们要试着明白婚姻的过程。"

"请别这样！"

"别对我歇斯底里。哦，别这样，雪儿。让我们成熟一些。婚姻是会变的。它不可能总是激情和承诺……"

可一开始就没有激情和承诺！这样叫嚷有什么意义？他开始想象一场狂野和肉体的风暴，他们就是从这里成熟的。他相信这个，或者他想让她相信这个。她永远不会原谅这种不忠诚。

"……我们现在拥有的东西是无比珍贵的……"

突然之间她不再想什么心理医生了，不再想去挽救任何东西。她看着他带着一种细察的审视说话，将一个同床共枕的伴侣变成一个陌生人。他感到自己是在隔得老远的地方和她说话。而她是听众中的一名初出茅庐的新闻记者。太迟了，婚姻间的低声呢喃或亲密的沉默。他知道她假装被说服了，并因这假装而感激她。她还能做什么呢？——哭泣？一把火烧掉这些墙？她是和他在这间房子里。

后来她说："好吧，那我们应该把这隔板放在哪里？"然后他俩在房子改造草图上倾过身子，讨论起房子来。

雪儿一年以后告诉了他这件事，布里弗曼就常常玩味着这个景象。他想象着她和戈登两人弯腰伏在上过油的桌子上，背对着他，他看见自己站在摆着古董的那间屋子的一角，盯着雪儿浓密得难以置信的头发，等着她感受到他的凝视，然后转身，站起来，向他走过来；而戈登则用削得尖尖的铅笔工作着，在浴室里画着草图，可恶的育婴室。她向他走来，他们低语，她回头看了一眼，然后他们一同离开。而在另一个版本里，他说："雪儿，就坐在这儿吧，建起这个房子，然后变丑。"然而她的美让他变得自私。她必须过来。

雪儿决定换个工作，戈登觉得是个好主意。她很高兴又回到学术氛围里。这是个回溯，戈登说。她可以重新恢复她的风范。雪儿简直不能忍受在《哈泼时尚》杂志多待一天，看着这些冷酷的身体和时装。

她的一个朋友每星期有两个下午在国际学生公寓做志愿者，为外国学生张罗下午茶，给公寓的房间里挂些装饰小件，给这些黑人共和国未来的外长展现美国最可爱的一面。她告诉雪儿在康乐部有个空职。这个朋友的朋友是这个组织的主管，又是捐助人，所以她的求职申请不过是走个过场。她搬进了装饰着联合国教科文组织复制品的干净宜人的绿色办公室，俯瞰河边公园，和从布里弗曼的房间看到的风景差不离，只不过没那么高而已。

她工作得很出色。嘉宾演讲、周末晚宴、校园观光等项目都比以往任何时期做得更有起色。她开始成为专业的组织工作人员。人们开始听取她的意见。可能在人们眼中一个如此可爱的美人儿说话不该如此合理有节。每个人都努力做好自己的工作，没有人想让她失望。这种成功让她害怕。可能这就是她应该做的，而不是爱情，不是与另一个人亲密地住在一起。不管如何，她喜欢和学生们一起工作，与和她一般年纪的人交往，他们都在制订计划，开始筹划他们的事业。她走进了春天的气氛里，她发现自己也在制订计划。

她对戈登的感觉那么友好，这真奇怪。房子的建造计划也是妙不可言。每一个细节都让她兴致盎然。他们租了辆卡车，从一栋正在拆除的旧乡村旅馆里取走拆下的镶板。戈登打算他的书房就用橡木来做；雪儿提议起居室的一面墙全用木头，另三面用砖。她为自己的热情投入感到迷惑不解。

然后她想到自己其实是在离开他。她的热情就如同是展现给打小一起长大，而且将有很长的一段时间不会再见到的堂兄那样。你会大声要求听到来自家族亲人的消息——其实那么一小会儿也就够了。

她和麦得睡在一起的时候，只是她想了近一年的与戈登分开的表达方式而已。

麦得是来自黎巴嫩的客座教授，一个异常俊美的年轻人，情场高手，与雪儿亲密相对的时刻，会对她承认学术生涯最吸引他之处是与之直接相关的"欲望中的小东西"。他身高六英尺，身材颀长，浓密的黑发后梳，刻意制造出狂野造型，黑眼睛常常微微眯着，似乎在远望一片沙地，以便表演一些高妙举止。他是"带领贝都因人反抗土耳其的'阿拉伯的劳伦斯'"，说着牛津腔的英文，带着一种戏剧性的雅致姿态。他如此明目张胆地追逐女人，为自己的魅力和无懈可击的美貌而陶醉，如此尽职于他的职责，如此乔张乔致，所有这些让他成为一个令人愉悦的人。

她让他狂热地追求了三星期。他没能完美地表现他的技能，因为她的美貌让他神魂颠倒，而这个影响了他求爱技巧的完美发挥。

他送给她一枚镶着金银丝的半月形胸针，声称这是他母亲的胸针。可她见过他有一包这样的胸针，不然她是不会接受的。她收下一件透明的黑色睡袍，如同《花花公子》杂志背面广告里的那样，他坚信每一个美国女孩都觊觎这种黑色睡袍——她为他的单纯而高兴。

雪儿如此长时间被剥夺了甜蜜的性，实际上她从未熟悉了解过，这使她自然有正当理由保护她身体不适的特权。也因为他是如此可爱，如此古怪，她和他做的任何事都不会是严肃或者重要的。她知道那些可能发生的事情不会真的发生。她只是需要通奸这枚炸弹来摧毁她的生活，毁掉这栋正在建起来的房子。

她是从谁的臀上拉过那件薄如蝉翼的黑色戏服？

她可以透过衣料看到自己的头发。在上百老汇的宾馆浴室的镜子里，那面镶着金属边的圆镜里，是谁的身体？

麦得预订了这间房一星期，这是关键的一星期。他从未在哪次艳遇上花过这么多钱。

那间浴室干净得要命。她原来还担心电线上的灯泡没有灯罩，或者陶具裂开，或者肥皂上还残留着毛发。这是雪儿吗？她看到镜子里自己的样子茫然发问，倒不是因为她想知道，她甚至都不想打开这个话题，而是因为这个疑问是她的谦逊所能想到的唯一形式。

一开始麦得几乎说不出话来。他已经犯下对于他这种人来说最痛苦的一个错误：他可能爱上了她。这在他的一生中只出现过一次或两次，让人心碎。房间里的光线昏暗，他已经调整过灯光亮度，将他的半导体收音机调到古典音乐频道。她似乎制造了她自己的沉默，站在她自己的影子里，她不属于他的这一切。

"是第五吗？"他终于说话了。

"我不知道。"

她知道是第几交响乐。这个回答其实是针对她在镜子里问自己的那个问题。

"我肯定是，嗒，嗒嗒嗒嗒。当然是了。"

她希望他开始做。

她没有欲望。这个让她愉悦，也让她痛苦。这种囤积起来的对情人的欲望。麦得不是她的情人。不然欲望早已使她做的这件事显得重要，可是它不重要，它不能够重要。一种武器，可能是，可在她心里这个夜晚并没有什么特别。至少不是和这个小丑。可是，她感到这痛苦，他是个男人，而且这么长的时间后，她毕竟只是需要一个能抱抱她的男人。她梦想过爱，来自爱人的牙印，屈服，交付，可是她现在能感觉到的只是兴致。兴致！可能归根结底，戈登才是她真正的伴侣。

麦得靠偷窥雪儿的身体来使自己欲火焚身。

看着一个男人欲火难耐让她很是着迷。

哦，雪儿。布里弗曼听到雪儿这段宾馆艳事不禁叫出声来，她用那种必须告诉他一切的语调说这件事。雪儿，飞离吧。在石头筑起的喷泉上堆起鲜花。和你的妹妹抗争。不是和这个愚人行家在一起的你，在这间如同布里弗曼建造起来的房间里。不是那个穿着白裙的你。

麦得躺在她身边，默想着自己该说的话。雪儿被一阵突如其来的憎恨压倒，这憎恨让她不由得牙关紧咬。她不知道如何处置。首先她试了麦得。他太简单。而且自她第一次见他，他看起来就有一种很真切的悲哀，而不是戏剧性的忧郁。她猜想他是在走过一座全是死去的女性形体的博物馆。她心不在焉地抚摸着他的颈窝。她试着去恨自己，然而她能恨的只是自己这具愚蠢的肉体。她恨戈登！是因为他，她才在这儿。不，这不确切。可是她仍然恨他，这种真切让她在黑暗中睁大了眼睛。

她穿衣时查看自己的身体。她的身体看起来像另一个陌生而有趣的双胞胎，一个她自己并不拥有的成熟的身体，如同一个人手指上的疣。

布里弗曼听的时候咬着嘴唇。

"我不该告诉你这些，"雪儿说。

"不，你应该告诉我。"

"这不是我，这会儿你抱着的不是那个我。"

"是的，那会儿就是。现在也是。

"这个伤到你了？"

"是的，"他说，吻着她的眼睛，"我们要把所有的一切都交给彼此，甚至包括行尸走肉的那些日子。"

"我明白你的意思。"

"我知道你明白。"

如果我总是能破译这个，布里弗曼相信，那么什么都不会发生在我们身上。

以背叛为武器，雪儿接近了她的丈夫。

人们需要武器去猎取这些和他们很近的人。必须引进外国的钢材。婚房里的世界太有弹性，太熟悉。这处处可见的痛苦已经被吸收。为了切割这些麻木，其他的世界必须被引进。

戈登将一盒草莓放在热水下冲洗。他早知道事情会这样发生。诗人奥登说过这个。在她说了最初几个词后，他似乎听不见她在说什么了，他早知道事情会这样发生。

他回答"我知道了"，或者"我当然明白"，或者"我知道了", 如此三番几次。他将手在热水和冷水之间交错。将色彩鲜艳的包装纸保持原样似乎非常重要。

然后, 她突然就要离开他了。他的生活现在正在改变。

"我想独自生活一段时间。"

"一段时间?"

"我不知道会有多长。"

"也就是说可能会很长时间啰?"

"可能。"

"也就是说你没打算回来?"

"我不知道, 戈登。你看不出来我也说不定吗?"

"你不知道, 可你已经打定主意了。"

"戈登, 别这样。你这样从我这里什么都得不到。你从来就没有得到。"

到了这个分上, 雪儿意识到在开始和他说话的时候她并没有打算要离开他, 而是要给他最后一次机会。

"留在这儿。"

他关上水龙头, 暗暗用了些力将盒子推到水池的一角, 如同推一枚棋子, 然后擦干他的手。他说这句话的时候声音很粗鄙。这句话不像请求那么强烈, 又比客观建议要多些感情。

"留下来。别为这个就结束我们的婚姻。"

"这个问题小吗?"

"女人有情人很正常, "他说的时候并不处之泰然。

"我是和一个男人在一起, "她说, 难以置信地。

"我知道。"声音更柔和些了,"天不会塌下来。"

可是她希望天塌下来,一切都终结。她想让前额有个标记,证明这结合是腐败的。他为他的生命而奋斗对于她来说很难理解。她将他的话看作是对她日常冒犯的一部分。现在他想让这个灾难变得程序化。

"我不会干预。我不会问你任何问题。"

"不。"

他以为她是在讨价还价。

"你会好起来的。等着看好了,我们会平安度过这个时期的。"

"不!"

他永远不会理解她是冲着什么大叫着"不"。

即便一个想象力极其有限的男人有时候也能猜到最坏的结果。所以,当他有一天看到她要收拾东西离开,或者听到他俩谈论谁拿走那张书桌,那个烛台,或者听到他自己在打电话叫搬家公司来帮忙,省得雪儿劳神劳力,他应该不会怎么惊讶。他多年前就知道自己配不上她,只是迟早的问题而已。现在这一切正在发生,他已经开始设想自己如何像一个绅士那样应对了。

雪儿看望了她在哈特福德的双亲。他们仍然住在那栋巨大的白房子里,就他们两人。他们非常正式地对雪儿与戈登的分离表示遗憾,同时又希望她能尽快清醒过来,回到戈登身边。她和父亲在他家的树林里散步时长谈了一次。林子里的树叶都褪尽了绿色,尚未变成完全的金黄色,可以这么放松地和父亲谈话,她觉得很惊讶。

"他没有这个权利,"这就是她父亲说的关于戈登的全部的话,可这是由一个好看的上了年纪的男人说出来的，他也经历了一个男人的一生，这让雪儿更加坚定。

他在树林里引路，用沉默鼓励雪儿说话。她说完后，他提起种下的第一茬小树的长势。

她不由得感到她母亲一定将她与戈登的分离看成遗传的邪恶胜利，像是一个皇室出身的健康孩子得了血友病。

雪儿很幸运，在二十三街租到了一间小公寓。她不想离格林威治村太远。这是个一居室，包括一小间厨房、浴室和门厅。她将那座大钟放在起居室的门边，将墙漆成薰衣草的紫色，又给窗户挂上半透明的薰衣草色的帘子，使光呈现一种迷离轻薄，让空气充满了一种冷香。

如同她的身体不属于她自己，这个小公寓也不属于她自己，她只是住在里面而已。她看到自己在各种可爱的物件中走动。她不相信自己是这个有份好事业的女性，可以离开丈夫，或者找个情人开心。这让她害怕。

当然，她不会再见麦得。那天下午在那间咖啡馆里她向他解释了原因。她不是为了一个小小的冒险而生。他们的谈话被一个年轻人打断，这个年轻人奇特的宣言莫名地打动了她。

布里弗曼一直在想着她，可是对她并没有欲望。这种感觉很新鲜。他想着她，却没有渴望。她是活生生的，她的美丽是可见的，她戴上手套，或者将头发向后拢，或者用她那双大大的眼睛看电影。他不想在幻象中将这座剧院拆毁，从这黑暗的虚构里把她拯救出来。她在那里。她在这座城市里，或者在某座城市里，某趟列车上，某座城堡里，或者某间办公室里。他早知道他俩的身体将一起移动。至少是这样。

他没有将自己看作她的情人，他知道他俩会嘴对嘴躺在一起，比以往更加快乐，更加安全，更加不羁。就单单只是她存在，他无需做任何计划，这真是省心。

有那么一两次他告诉自己应该找到她，去问问别人关于她的消息。这没有必要。不管能否再见到她，他都愿意顺从这敬意。如同华兹华斯式的英雄，他并不想拥有她。

他甚至连她的脸都记得不算清楚。他没有仔细凝视过她的脸。他那时只顾着低头用笔在餐巾纸上涂写。她就是他盼望的那个，是他一直盼望的那个。就如同疲惫的长途旅行后在一个晚上回到家，你在门廊上站了一分钟。没有开着的灯。他不用去探求她的面容。他闭着眼都能赞美她，在毫无戒备的开放的最初一瞥里，就已经见证了她的美丽。

这是最后一次布里弗曼放掉过去和他几乎无法说清的那些艰难的承诺。他一点东西都没写，他将自己悬置在当下。他读了一篇关于纽约城的建筑调查，很为自己专注的毅力和兴趣吃惊。他听那些讲座，不去想那些教授的抱负。他做了一只风筝。他漫步走过河边公园，没有觊觎那些独居的保姆或者去提升这些玩玩具比赛的孩子的命运。这些树这样就挺好，已经掉了好些叶子。它们的拉丁名字或常用名他一概不知。这些穿着黑色大衣和用莱尔线织成的长袜、坐在上百老汇的长椅上的老妇人并不可怕，卖铅笔和塑料杯的四肢残缺的小贩们也没什么可怕的。他从未如此冷静。

很多个晚上他都是在国际学生公寓里的音乐室度过。厚厚的蓝色地毯，木头镶板，深色而沉重的家具，还有一个"保持安静"的标识。公寓里的唱片收集还凑合，可对于他来说，却是一次发现。他以前从来没有真正听过音乐，它一直是作为写诗或交谈时的背景音乐。

现在他听着别的男人说话。他们真能说！这让他自己的声音变得很小，让他自己的声音回到这个世界的纷繁复杂之中。他在听的时候并没有形成形象，他没有什么可以偷去写在他的纸页上。这是他们的风景，他在这里坐着，只是个过客。

他正在跟听舒伯特一个四重奏中的笛子。它的旋律向上攀升又回旋而返，然后又向上，与一排低沉有力的琴弦声相遇。雪儿打开门，走进房间，转身将门轻轻关上。她迅速穿过沉默的地毯，坐到法式窗边的椅子上，她可以看到窗外渐渐暗下来的公园、墙和街道。

他注意到她放松自己身体的方式，如同一个孩子正听着一个喜爱的故事。可是她放在木雕扶手上的双手却很紧张，像坐上电椅的一瞬间。然后她向后一倒，试着在旋律之中迷失自我。

有些女人拥有美丽就如同拥有一辆专门定制的跑车，或者一匹纯种马。她们飙着劲儿开着这辆车去赴每一场约会，或者在马鞍上接受采访。这些幸运儿很少出事故，学会了如何在大街上行走，因为没人愿意听一个自负的上了年纪的女士说话；有些女人给她们的美穿上一层青苔，偶然的机会什么事情撕开了这层青苔——一个情人，一次怀胎，或者一次死亡——然后一抹难以置信的微笑展现出来，深切的快乐眼神，完美的肌肤，可是这些只是短暂的，很快青苔又重新长成；有些女人则研究并伪造美丽。美容产业因此产生来为这些女人服务，而男人们则因此而心仪于她们；有些女人从家族遗传了美，然后慢慢地了解了美的价值，如同一个伟大家族的后裔开始为自己特色鲜明的下巴而自豪，因为家族里好些不寻常的人物都长了一个这样的下巴。然而有些女人，布里弗曼想到，就如同雪儿，是在经历当中创造了这美，她们的容颜没怎么变化，连环绕她们的空气也没有什么变化。她们破除了关于光的陈规，无法解释，也无法比较。她们让每一间屋子都独一无二。

他相信她是在某种疼痛当中，或者，一种失败当中。她创造出来的美丽似乎在和她反抗，要逃离，就如同有时候笔下呈现的一首诗变得狂野，无法控制。这个丝毫没有减轻他对她感到的惊奇。她所创造的仍然引人注目，他不敢在这美里轻举妄动。可是他也许可以安慰她。

她注意到了他，并迎着他的注视，她已经懂得这是与一个公共场合的勾引者最好的回应方式，随即她立刻明白了他并没有将她看成一个无关紧要的东西，一个物。她是被真切地欣赏着。不知什么原因她想起读书时候穿的那条裙子，她想知道这条裙子的下落，她想再次穿上。他偏着头，微笑着。他准备好了整晚就这么看着我，她想。不说话，不问任何问题。她想知道他是谁。他的脸非常年轻，但从他的鼻孔到嘴边有两道深纹，好像他所有的经验都记录在那里。若是没有这两道纹路，这嘴看起来未免太丰满肉感，如同那些呆傻的印度神像的肥嘴。

呃，她想他的嘴干什么？她为他这么紧绷绷地坐在这张椅子里又是为什么？她早该回到自己的公寓，考虑她的未来，学一门新语言，或者将事情理顺，做那些独居的人晚上回家后该做的事情。

她意识到多年前这就是她希望自己被观察到的样子，听着音乐，在一扇窗前，灯光被老旧的木头衬得柔和。

很快她就无法看见墙壁里这一块块石头了，还有那衬着灌木的铁栅栏。人行道是珍珠母一般的颜色。虽然她此刻无法看见，她知道夕阳正消失在新泽西玫瑰色的群山后面，拖着黑暗降临，他从未转身离开吗？

她闭上眼睛，仍然感觉到他的注视。他的注视有一种毫无防范的赞美的力量。它并没有赞美她的美，而只是唤起她对自己的美丽的愉悦之情，这样一来更好理解，更加人性，让她为自己给他人带来的愉悦而沉思。对她做出这些的男人是谁？她睁开眼，对着他好奇地微笑。他站起身，和她说起话来。

"你要和我一起来吗？"

"好啊。"

"天几乎黑了。"

他俩悄然离开了咖啡馆。布里弗曼小心地关上门。他们低声交换着彼此的名字，然后因为都意识到两人其实已经可以大声说话了而失声大笑起来。

他俩在格兰特将军墓前那块空阔的水泥地上走来走去，这个地方有种特别的形式，在晚上看起来可以是一个想象中的朋友的私人花园。他俩走进这个大广场。

"格兰特一家是很好的主人，"雪儿说。

"他们晚上很早就休息了，"布里弗曼说。

"你不觉得他们的房子有点装模作样吗？"雪儿问。

"这是慷慨大度。门厅看起来就像陵墓！"布里弗曼说，"我可以听见他在喝酒！"

"她也在喝。"

他俩拉着手跑下山丘。松脆的叶子在他们脚下碎裂，他们特意寻找这些裂开的叶子，好一脚踏上去。然后他们看着山丘下公路上的车速，数不清的车灯。在哈得孙河上还有其他灯光，乔治·华盛顿桥上如同项链一般的路灯，缓缓移动的驳船与穿过水面的铝合金标志。空气非常清新，星星又大又亮。他们紧挨着站在一起，传承这一切。

"我必须走了。"

"今晚和我在一起吧！我们去鱼市。有好多大而高贵的恶魔般长相的鱼被包装在冰袋里。还有乌龟，活的，给那些有名的饭店预备的。我们去救一只下来，在它的壳上写下消息，然后将它放到大海里去，雪儿，是海的贝壳；或者我们去菜市场，他们用那种红网袋装着的洋葱，看起来就像巨大的珍珠；我们还可以去四十二街，连看十场电影，然后买一张招工的印刷册子，我们可以去巴基斯坦找份活儿——"

"我明天还要上班呢。"

"这个和我说的没关系啊。"

"我还是现在走好了。"

"我知道美国人很少干这个，可是我要走着送你回家。"

"我住在二十三街。"

"正是我希望的那样。大概走上一百来个街区就到了。"

她挽起他的手臂，他将手肘靠着她的手，他俩是一个动作的一部分，一头温柔的暹罗野兽，遮盖了上千个街区。过了一会儿她抽出手来，他觉得空荡荡的。

"怎么了？"

"我累了，我想。这儿有辆出租车。"

"坐进车里之前和我说会儿话吧。"

她觉得要解释太难了。如果她告诉他的话，他会觉得她完全是一个有占有欲的傻子。她还不想随意和一个人走得那么近。这个男人认识她才半个晚上，就敢宣称什么了吗？她甚至自己都不清楚自己的欲望。他只是个陌生人。倒是有一件事她很清楚：她不能过于随意。

"我已经结婚了。"她就说了这些。

他审视着她的面容。她如此可爱，很难将生命中平庸的问题和她的可爱联系起来。她的表情如此美丽，想了解什么原因让这些表情如此美丽，有那么重要吗？她的嘴唇颤抖时不是很完美吗？然后他记起来她坐在窗前时他感觉到的她的痛苦。他摇摇头，回答她说：

"不，不，我觉得你没有。"

他招了一辆出租车，在他还没来得及触到车门把手之前，出租车司机已经倾过身来将车门打开了。时代广场突然被灯光侵入。他们的手和脸上的青筋，还有出租车司机的光头在灯光下鲜明在目。相对来说，第七大道的黑暗让他们很舒服，他们不算很亲近，还没到欣赏丑陋的时候。

他让司机等一等，他要送她到电梯。

"我不会邀请你上去的。"她说得很明白。

"我知道。我们有时间。"

"谢谢你这么说。我喜欢我们一起走了这么一会儿。"

他没有坐出租车回去，一个人走了一百多个街区，试着不去踩那些人行道上的裂缝，独自玩味着这样的麻烦。在他俩现在的关系中，他舒适地采取后退姿势，这意味着做那些你知道你能够做的事情。

雪儿很快就上床睡了。她在黑暗中躺下时，突然意识到自己的头发还没有好好梳过。

11

布里弗曼一直很羡慕过去那些艺术家，他们拥有一种伟大的、为人所接受的"服务"理念。随后，金的色彩才能被着上，荣耀才能被书写下来。不管地下文学如何宣称，某个穿着鲜红袍子的神的死亡和一片发光的树叶与一个在低俗的咖啡馆里倒下的酒鬼是全然不同的。

他从未将自己看作一个诗人，也从未将他写的东西看作诗。你不能保证这样一个事实，即诗句不会在白纸的边缘出现。诗是判决，而不是职业。他讨厌谈论诗节的技艺问题。诗是一种肮脏的、血淋淋的燃烧之物，必须一开始就用赤裸的手一把抓住。这火曾经庆祝了光，庆祝了沾满尘土的谦卑，庆祝了鲜血淋漓的牺牲。如今的诗人都是些专业的吃火人，在所有的狂欢节上自由行动。这火很快就熄灭，并不特别荣耀任何人。

曾经有那么一段时间，他似乎并不是在为自己服务，而是为其他事物。这就是他写下的唯一诗篇。是为雪儿写的。他想将她的身体交还给她。

> 在我的手中
> 你小小的乳房
> 如跌落的小雀
> 上翻的腹部
> 正在呼吸

或者这真是为她写的？如果她喜欢她自己的身体，对他来说就更容易些。床是更加平和的。它们最开始时根本不是诗，而是宣传。判词就是诗歌。如果她还继续相信她的肉体是一个冷漠的敌人，那么她不会让他像他喜欢的那样看她。

她睡着的时候，他会将被单拉下来看着她。房间里什么都没有，除了她毫无遮盖的肉体。他没必要将这肉体和任何东西比较。在她的身旁跪下来，用手指拂过她的嘴唇，抚过她肉体的每一处波动，都是毁灭他无法触到的那些日落。他在她里面休息，那些抱负和对完美的要求都快乐地丧失了。这是最完美的。可她必须感觉到她是一个整体。女神一定不能坐立不安。所以他必须工作，让她欢悦而平静。她已经学会了符合习俗的达到高潮的方法，这个对于女人来说，是骄傲和平静的开始。

她终于有些害羞地用身体交换了他的，并没有全然相信她的身体不会让他觉得恶心。戈登说过爱她，可是他控制自己不去触摸她，五年了。他仅仅只是有限地接触。不是因为她身体有什么瑕疵，而是他害怕自己暗处游走的手指会将他带入愉悦之地。她的肉体因此而衰败，夜复一夜地衰败。

布里弗曼将她身上的丝绸如同蛛网一样从她的肩头轻拂而下，她发出一点愉悦和顺从的声音，好像现在他知道她身上最糟的地方了。他把头放在她的乳房上，这种古老的姿势很有效。

她学得很快，可是没有一个女人美到不会想让别人用韵文来赞颂自己的美。他在这方面是行家，他知道如何扮成一个完美的情人去追求她。

他以为诗能让事情发生。他对自己一手创造的这个完美的情人没有丝毫蔑视，正是他让每个夜晚都成为庆典，让每一餐饭都成为宴席。他是一个有技巧的产物，因为关怀而深情脉脉，布里弗曼并不介意自己成为这样一个人。他喜欢这个自己所创造的情人的温柔，甚至对这个情人说的某些情话而满怀羡慕，似乎他是应布里弗曼的晚餐邀请而来的一个机智的妙人儿。

这个制造出来的美妙的情人似乎有他自己的生活，而且经常将布里弗曼落在后面。他带着礼物拜访雪儿，比如在第二大道一家商店里买下的一根鸵鸟羽毛，或者在第八大道的拐角买下的香水月季。他坐在雪儿的桌边，两人交换着八卦新闻，或者要做的计划。

不管你在何处移动
我听见断羽的
合翅声

我无法言说
因为你在我的身旁跌落
因为你的睫毛
是小兽娇弱的脊椎

"他们在超市给我兑换了一张支票。"
"美人的特权。在这个没有阶级的美国里存留的最后一个贵族。"
"不是，他们对那个瘦削的深肤色老妇人也这样。"
"这么说来友邻的美德还是存在的。"
"你的工作进展如何？"
"我涂黑了我的纸页。"

我害怕那个时刻
当你的嘴

称我为猎人

闲聊就这么一直持续着。关于哈特福德的事情，那座石头的喷水池，在乔治湖边度过的夏天，那些巨大的宅邸；关于蒙特利尔的故事，和克兰兹一起驾车夜游，父亲的死亡。他俩这样生活在一起，彼此的故事也增加了。比如初次相遇的神秘，第一次做爱，以及将要到来的出游前的平静。

"我能读点东西给你听吗？"

"是你写的吗？"

"你知道我忍受不了任何其他人的作品。"

她想让他坐在身旁，用那种特殊亲昵的法子。

"是关于我的吗？"

"嗯，等我先读了这东西再说吧。"

她很严肃地听着。她要求他再读一遍。她从来没有如此快乐过。他用低沉的声调开始读起来，这声调如此低沉，仿佛在词语的意义呈现之前就已经退却，毫不着力。她爱他这样的忠实，这种让一切都变得重要的张力。

"哦，很好。劳伦斯，真的好。"

"好极了。这正是我想听到的。"

"可这个不是为我而写的。它不是为任何人而写的。"

"不，雪儿，这是为你而写的。"

她给他备了好吃的，冷冻的草莓。

当你让我靠近

告诉我

你的身体并不美

我想命令

石头、光和水

的眼以及它们藏匿的嘴

证明你是错的。

　　布里弗曼看见自己创造的这个情人让雪儿非常高兴，他这样凝望着，凝望着。某个晚上他端详她熟睡的样子，他想知道她熟睡时都发生了什么。有些人的脸在熟睡时就和死过去一样。麻木的嘴，离去的眼睛留下一具行尸走肉。可是她却是完整可爱的，她的手靠在嘴边，轻拽着床单的一角。他听见大街上传来一声叫喊。他悄悄走到窗前，可是什么都没看见。这叫喊听起来像某件事物的死亡。

我想要它们

在你面前臣服

从它们幽深的匣子里

你的面容颤抖的韵律

　　我才不在乎谁被干掉了，他想。我不在乎在历史的咖啡馆里谁又在计划着发动圣战，我不在乎贫民窟里被屠杀的生命。他超越这间房子，探究他对人类的关怀程度。这关怀就是：给那些个如雪儿美丽的女人以平静的安慰，给那些不如他这么幸运的男人以平静的安慰。

因为他和魔法相连，诗篇得以继续。他并没意识到雪儿并不是被他的诗文感动，而是被他完整的关注之情。

"我能进来吗？"

"不行。"

"为什么？"

"我正穿衣呢。"

"这就对了。"

"别进来，求你了。否则你很快就会完全厌倦我了。所有的书上都这么说，我应该守卫我的神秘。"

"我很想看着你如何魔法般地穿起那些衣裳。"

他对她的存在充满关切，而她将这个看作爱也就没什么可奇怪的。

你让我靠近

告诉我

你的身体并不美丽

我想让我的身体和双手

都成为池水

映着你的面容和你的笑靥

12

雪儿决定继续离婚手续，戈登表示默许。他原打算准备好一场离婚战，可是她来他办公室看他的时候，他看到她的样子，又觉着心虚了。她如此平静友好，问起他的工作近况，为他的事业成功而高兴。她柔和地提到他俩的婚姻，可是对于分手很坚决，似乎这是晚饭后暮光中的一场游戏，而孩子们这会儿都应该上床睡觉了。他不用费神去猜测她的力量来自哪里。除了有一个下午，他俩在填写最后的离婚申请书时，他最后一次尝试挽留她，他说能和她一起过婚后的五年是件幸运的事。几年后他在文学上的品味，虽然频频被《新闻周报》拒绝，让他得以在年轻姑娘们面前声情并茂地谈到自己的婚姻小悲剧。

"这是我和戈登之间的事，"她告诉布里弗曼。如同所有恋爱中的情人，他们只会躺在彼此的臂弯里呢喃情话。"你别介入进来。"

那时他们已经生活在一起近一年。她不想让他认为她的离婚是他应该求婚的时机。她当然想和他结婚，她不是那种适合做情人的女子，她所认为的爱情最终是忠诚的一体，一种扎根于激情的忠诚。

有时候她觉得没人可以给予如此的柔情和关注，除非是为了将来而计划。有时候她可以感受到心中的痛楚，她很清楚，他之所以能给予这么多，只是因为他终将离开。

她已经将一切给予了他，一生中我们只能这样给予一次。她想让他爱她爱得自由。这是全部的馈赠。她成长于培养英雄和烈士的学校，而且可能将她自己看作海洛薇姿①。只有冒险的男人才能爱——这是他所写的作品；也只有能放弃自己拥有的房屋和声名的女子才能爱——也就是传统意义上的社会。冒险者离开沙发，女子重返她们的声名；这种知识是磨折，这磨折使得扣环紧紧相扣。

有些我们遇上的人对我们的愿景居然和我们对自己的愿景相差无几，这种人我们很少遇见。而雪儿和布里弗曼，或者他创造的那个情人，在这方面却是全然一样的慷慨大度。

有天下午她哭着回来。他替她拿过手套和皮包，将它们放在上过油的小柜上，将她引到沙发前。

"我告诉了戈登一些事。"

"你不得不告诉他。"

"我并没有告诉他每件事。我真可怕。"

"你是个可怕的恶毒的女巫。"

"我告诉他和你在一起是多么好；我没必要这样做。我只想伤害他。"

他们聊了整晚，直到雪儿能够宣称："我恨他。"

布里弗曼观察到对于这场离婚，雪儿比她自己所认为的走得更远。女人把伤害自己身体的尝试看得很认真。布里弗曼并没有明白这一点，直到她在他的臂弯里说她已经不再心怀憎恨。

---

① 海洛薇姿（1100—1164），法国修女，作家，学者。

他明白雪儿正在做出认真的决定，藉此行动，并改变她的生活，他为此而不安。他想看着她安逸一些。这个将他卷入有房屋和交通灯的世界里。她正在变成一个真正的公民，他的爱就是她的力量。

设想他顺从她的意愿，和她生活在一起，然后开始舒适地不停地谈及婚姻的事情。他是不是在放弃那些更简朴更理想的事情？虽然他时常嘲笑这一点，这些事情可以让她的美适用于大街、交通和群山，点燃这片大地——他需要独自一人才可以完全把握这一切。这不正是他凝视她的原因，沉溺于她的每一次移动、每一个表情吗？也许这只是证明了舒适并不适合他，反而让他烦扰。他烦扰是因为这种舒适在消散。

他很舒服自在。他开始接受他的替身的快乐。他一手创造出来的情人是他做过的最成功的事情，而这种诱惑就是让他有个钱包和身份证明，将大师布里弗曼淹死在布满垃圾的哈得孙河。

布里弗曼的眼睛，这双训练有素用来观看火山、神圣主人和完美大腿的眼睛，现在正在雪儿肉体的景色之上逡巡，这双眼睛有掉入睡眠的危险。这个情人越来越多地拥有雪儿。布里弗曼快乐得以致有几段时间是如何度过的他都记得不十分清楚。

13

夏天仍然年轻。

你知道"勿忘我"原来是那么小吗？

他们爬上小木屋后的那座山丘，静听鸟鸣的声音，对照着书来鉴定各种鸟鸣声。

他不想把这些小花献给她，因为他俩对于名称都很认真。

他俩谈到分离时应该表现的举动。这个对于相爱的情人来说，如同在市长会议上讨论对氢弹的保护一样遥远，因此兴致索然。

"……如果两人合不来，我们应该告诉彼此。"

"……希望我们都有做外科手术一般的精准和勇气。"

雪儿为一束桦树枝而欢欣雀跃。

"它们看起来好像光秃秃的！它们让树林看起来发黑。"

晚上他俩听着湖水拍击沙地和岸边石头的声音。天空暗得发亮，似乎由烧煳的银锡纸构成。鸟的鸣叫越发显得湿润和急切了，仿佛与食物和生命相连。

雪儿说湖水的每一阵声音都不尽相同，布里弗曼倒不愿意过多费神去听；他享受这浑然的快乐。她比他听得更仔细。细节让她更加丰富，这让布里弗曼对她着迷。

"雪儿，如果你将鸟的啁啾录下来，然后慢放，你会听见最奇异的声音。我们的耳朵所听见的单音调实际上通常是两三个音同时发声。一只鸟通常可以同时发三个声调呢！"

"要是我也能那样说话该多好，同时能说十多件事情。我希望能用一个词表达所有能表达的事物。我讨厌在一个句子的开头和结尾之间发生的事情。"

她睡着的时候他继续工作了一会儿。听见她平稳的呼吸声，他知道这一天已被密封，他可以开始记录下来。

一种对于忠诚的奇怪的扭曲让我疏离你……

雪儿半夜里醒过来，几只飞蛾正朝着窗户扑打翅膀。她悄悄靠近他，吻着他的脖子。

他有些吃惊地转过身，手里还拿着铅笔，轻轻刮过她的脸颊。他站起身的时候弄翻了椅子。

他俩在汽油灯沉闷而冰冷的光中面对着彼此。夜色震耳欲聋。飞蛾撞击窗户时发出的声响，汽油灯发出的嘶嘶响声，水滴在卵石上的声音，小动物的觅食声，一切都醒着。

"我以为我……"他停下来。

"你以为你是独自一人！"她痛苦地低喊着。

"我以为我……""你以为你是独自一人。"当她重新入睡时，他将这些记录下来。

14

有天晚上，他正端详着雪儿的睡姿，一时起意，决定次日一大早就离开。

否则他会永远待在她身边这么看着她。

那是六月中旬。他那时正在一栋小型办公楼里当开电梯的零时工。同时，他每周五在这栋楼里的几间办公室里干清洁的活儿，能再赚点儿钱。那是部老旧的电梯，最多能载五位乘客，至多能到地下室那一层，再要往下这部旧电梯就不工作了。

到了晚上，就是和雪儿在一起，和诗歌在一起，然后在她入睡以后继续写日记。

大多数时间他是快乐的，这一点让他吃惊，而且烦扰了他，如同将军在受保护的和平时期变得坐立不安一样。他很享受这部电梯，它有时如同战车，有时则如同卡夫卡式的折磨工具，在另一些时候还是部时间机器，在最糟糕的时候才是部电梯。他告诉那些问起他姓名的客人，他名字叫卡戎①，然后欢迎众人乘坐。

之后就是和雪儿共进的那些晚餐了。草编桌垫摆在涂过油的折叠桌上，烛光和蜂蜡的味道。那些美食爱好者为彼此准备的食物，用葡萄酒烹饪，用牙签串在一起。或者是极其有趣而温柔的早餐，由罐头食品和冷冻的盒装食品组成。

还有周末由鸡蛋和蓝莓蛋糕组成的早餐，雪儿这时仿佛一个天才，来自一个世纪前的纽约的某个古老农场的厨房。他俩可以随意扔下这些食品，懒在那张不知有多少年头的绿色沙发里。还有那些看电影的下午，对西部牛仔片进行神话学上的分析，还有在汤尼咖啡馆的意大利面晚餐，在那里，他们发现了伯格曼作品里的装模作样。

诗歌继续进行着，为他俩而庆祝。别离之诗，一个男人写给一个他无法将视线移开的女人的诗。他写的诗已经可以编成一本厚厚的书了，可是他并不需要一本书。当他需要说服自己已度过劳作和爱情的一生，这本书自会成形。

---

① 希腊神话中将亡魂渡到阴界的冥府渡神。

布里弗曼成为自己的负责人。他每隔几天就回到他的瞭望塔，写下日记。他写得又快又盲目，不能置信自己写下的文字，如同一个三次自杀失败的人正寻找一枚剃须刀片。

他祛除了这些美妙的恶魔。这些纸张被塞进了雪儿很爱惜的一个古董抽屉里。这个抽屉里有好多签证和夹在文件夹里的机票，如同潘多拉的盒子，一旦她打开抽屉，这些东西会立刻将他带走。然后他会爬进温暖的床，他俩的身体因为恐惧而甜蜜。

天啊，她真是美丽。为什么他不能和她这么待下去？为什么他不能成为拥有一个女人和一份工作的正常公民？为什么他不能融入这个世界？他为独处而创造出的美是他的栖息之地，如今又让他面临关于孤独的老问题。

如果他继续和她在一起，他又背叛了什么？他不敢大声说出这尚为幼稚的宣言。而如今他可以感受到这种负疚，如果他离开她，这负疚将成为他的滋养。可他又不想永远离开，他需要独自待着，可以想念她，从而获得洞察。

他将一封航空信塞进已经满了的抽屉内。他注视着她熟睡的样子，手里攥着被单，如同攥着护身符，头发散在枕头上，如同葛饰北斋①的海浪。他会愿意为这样的身体去杀人。这是唯一的忠诚。那为什么又要从如此美丽的肉体旁逃离呢？

他的心已经超越了别离，只剩了遗憾。他是从远方给她写信，

---

① 葛饰北斋 (1760—1849)，日本江户时代的浮世绘师，工笔写意皆善。代表作有《富岳三十六景》。

从未来的那些被急切的肉体覆盖的桌上给她写信。

我亲爱的雪儿，我的深处有一个人迷失了，是在以前一场冒险的游戏里被我愚蠢地溺毙了。——我现在想将他带给你，他会未经邀请就跳入你的白日梦，如同一个酒醉的学者呵护你的肉体，用大笑和秘密而珍贵的脚注来呵护。可是，如我所说，他已经溺毙，或者在怯懦的梦里崩溃了，因为服用大剂量的药片而昏昏沉沉，无梦。他的耳朵里塞满了海草或棉花。我甚至不知道他的身体在哪里，除了有时候当我回忆起你更衣的样子，或者在厨房里忙活的样子，他会像一个饥饿的胎儿在我的内心苏醒。这是我能写下的所有。我很希望能将他带给你，而不是这张写满了字的纸，也不是这些遗憾。

他从便笺簿上抬起头来，想象着雪儿和他自己的剪影，他父母时代的情人节的有情人，他摆在收集架子上的一张卡片。他能将她涂上香料保存，很容易就能记起她吗？

她在睡梦中改变了睡姿，将白色的被单在身体一侧拉得更紧了些，她的腰身和大腿袒露出来，如同从一块粗糙的大理石中显露。他无法比较。这还不是因为形体的完美，也不是因为他对这形体如此熟悉。这不是睡美人，一切人的公主。这是雪儿，一个特殊的女人，有她的住址，带着自己家族的特征。她不是一只万花筒，可以调试，看到各种不同的图案。她所有的表情都带着感情。她笑的时候自有缘由，她在夜半时拉着他的手也自有缘由，她就是缘由。雪儿，他了解的雪儿，是这具肉体的主人。这具肉体回应着她，这具肉体就是她。这肉体并没有从雕像的基座上来服侍他。他撞上了一

216

个特殊的人。美丽与否，或者明日就毁容于硫酸，这都没关系。雪儿是他爱着的人。

朝阳的光让房间半明半暗，雪儿睁开眼睛。

"嘿！"

"嘿。你整晚都没睡？"

"是的。"

"那现在睡下吧。"

她坐起来将床单抻平，给他腾出位置。他在床边坐下，她想知道发生了什么事情。

"雪儿，我想我应该去蒙特利尔待一……"

"你要走？"

他感觉到她身体变僵了。

"我会回来。克兰兹要回来了。他给我写了封信，说在营地有个缺……"

"我知道你会离开。过去的这几个星期我能感觉到。"

"只是夏天一段时间……"

"多长？"

"这个夏天。"

"几个月？"

他在回答前，她用手捂住了嘴，发出一阵痛楚的声音。

"怎么了？"布里弗曼问。

"我听起来好像戈登。"

他揽她入怀，告诉她这次的情况完全不一样。她提醒他他们之间承诺了分手时要如同手术医生一样精确。

"别胡说八道了，你明白的。好了，让我们做顿好吃的早餐吧。"

那天他没走，第二天也没走。第三天他走了。

"真是的，雪儿，只是一个夏天而已。"

"我也没说什么呀。"

"我希望你表现得更悲惨些。"

她笑了。

第四部

1

想想布里弗曼失去的那些身体。没有侦探能发现这些身体。他是在这些身体最美丽的状态时留下的：

一只老鼠

一只青蛙

一个入睡的女孩

山上的一个男人

月亮

你和我都有自己的身体，被时间和记忆损伤的身体。布里弗曼将这些身体留在火里了，在火里这些身体才能长久保持完整和美好。这种持久不能安慰任何人。在多次的燃烧之后，这些身体开始变成模糊的一团，出现在他个人的天空，完全将他控制了。

也可以说这些身体被我们每一个人内心深处生长的摩西的灌木丛吞食了，可惜没几个人在乎去点燃。

2
—

他站在精神病疗养院的草地上，往下看着蒙特利尔城。

疯子们可是占了城里最好的风景瞭望点。

昂贵的草皮上摆了些木质家具，四处聚着一群群的人，看起来很像个乡村俱乐部，可是完美的白衣护士们泄漏了真相。每一处人群都安排了一个护士，她并不加入人们的谈话，只是安静地控制着，如同月亮。

"晚上好，布里弗曼先生，"病房护士打着招呼，"您母亲会很高兴见到您的。"

她微笑中有责备吗？

他打开门。房间清凉而幽暗。他母亲一见他就开始说起来。他坐下来，这次连招呼都省了。

"……我想把这房子给你，劳伦斯。这样你会有个地方动动脑子，你必须保护自己，他们会把一切都拿走，都是些没心没肺的人。对我来说这就完了，我为每个人付出，可现在我得和这些疯子待在一处，像条狗一样躺着，整个世界在外面，整个的世界！即便是条狗，我也不会让它这样躺着。我应该是在医院里，这是医院吗？他们知不知道我的脚没法走路？可我自己的儿子太忙了，哦，他可是个了不起的人物，太忙了，连母亲都顾不上，是这个世界的诗人，是这个世界的……"

然后她开始叫嚷起来。没人伸进头来看看。

"……他太忙了，顾不上母亲，可是他有很多时间和他那个外族女友在一处，为了她他可不计较时间，这些外族人对我们都干了些什么，我在复活节那天还得藏身在地窖里，他们追捕我们，我遭的那些罪啊。可我自己的儿子，背叛了他的人民，我必须忘记一切。我没有儿子……"

她就这么一连说了一个小时，双眼望着天花板。到了九点钟，他说："我不能再待长了，妈妈。"

她突然停下来，眨着眼。

"劳伦斯？"

"我在这儿，妈妈。"

"你能照顾好自己吧？"

"能，妈妈。"

"吃的不缺吧？"

"不缺，妈妈。"

"你今天都吃啥了？"

他嘟囔了几个词，试着组成一个她还满意的菜单，可他连话都说不出来，更别提她能听见了。

"……一分一毫都没拿过，所有都是给我儿子的，照顾一个病恹恹的男人十五年了，我有像其他女人那样向丈夫要过钻石吗？"

他离开了，留下她一个人喃喃自语。

外面的病人正跳着治疗性的舞蹈。护士们被吓坏了的病人们牵着。录下来的流行音乐，罗曼蒂克的幻想曲在这种环境中听起来更加荒诞了。

当燕子都飞回卡皮斯特洛①

在这柔和的光圈里他们舞动着，皇家山幽暗的山坡从光圈后升起。在他们下方是闪耀的繁华的商业之城。

他看着这群舞动的人，如同我们遇上无助的人一样，他将无法在别处释放的混乱的爱投放在他们身上。他们生活在恐惧里。

他希望其中一个完美无瑕的白种女人能和他一并走下山坡。

3

他在城里的两个星期里每天晚上都和塔玛拉碰面。

她已经放弃了她的心理治疗师，而拥抱了艺术。这个要求少些，而且更便宜。

"我们还是不要知道彼此的任何新进展吧，塔玛拉。"

---

① 这首歌是美国蓝调和摇滚乐词曲人利昂·雷内的作品，献给每年春季返回南加利福尼亚的圣胡安·卡皮斯特洛的岩燕。

"这是懒惰呢还是友谊？"

"是爱！"

他戏剧性地佯装晕厥。

她住在佛特街一间奇异的小房子里，那条街上到处是木偶戏里一样的房子。大理石的壁炉上雕刻着火把和心形的装饰，壁炉上方有一面狭窄的镜子，周围镶着细长的木头柱子，柱上有楣构纹饰，类似一座褐色的雅典卫城。

"这面镜子挂在那里也没什么好。"

他俩费劲将镜子取出来在长沙发旁寻了个位置放好了。

节约的房东将房间隔成几个小间。塔玛拉在第三间，天花板很高，房间看起来好像在最末端。她很喜欢，因为这房间的感觉只是暂住一时而已。塔玛拉现在成了个画家，而且只画自画像。房间里到处是她自己的肖像油画，这些油画的唯一背景就是她住的这间房子。她的手指甲里满是颜料。

"为什么你只画自己？"

"你能想到更美更魅力非凡更聪明更敏感的人吗？"

"塔玛拉，你正在发胖。"

"所以我可以画我的童年啊。"

她的头发还是同样的黑色，她一直没顾上剪。

某天晚上他俩成立了"激情的腓力士人协会"，将会员人数限制在两人。对艳俗的推崇是协会的宗旨。他俩庆祝新款凯迪拉克的尾翼，捍卫好莱坞电影和流行新曲排行榜，铺满地面的地毯，波利尼西亚风味的餐馆，肯定他们对于富裕社会的忠诚。

玫瑰墙纸从葡萄藤的装饰条上剥落下来。唯一的一件家具是从救世军二手商店里淘来的一张小的长沙发，已经破败不堪了。塔玛拉给一个艺术家当模特来维持生计，而且这个星期的主食是香蕉。

他离开的前一晚她给了他和所有忠实的"激情的腓力士人协会"会员一个惊喜。她处理了香蕉，将黑发染成金色，和这个协会的宗旨保持一致。

再见了，塔玛拉，布里弗曼为他将来的传记作者们记录下这些细节。希望你繁荣昌盛，你有一张值三十万美元的嘴。

4

何时能和克兰兹重新叙旧？

夜色中的湖水美妙非凡。青蛙如同弹簧似的跳跃。

他俩何时才能一起坐在水边，如同一幅水汽氤氲的卷轴画中的小人儿，聊起他们漫长的放逐？他想告诉他一切。

克兰兹给那些辅导员就雨季中的室内游戏这一主题发表演说；克兰兹准备了一份休息日的活动日程；克兰兹为海滨区建立了一套新体制，一连两个小时给辅导员们进行言语轰炸；克兰兹的脖子上随时挂着吹哨和记事卡。

早晨没有军号将他们唤醒，而是换成了扩音器里海顿的小号协奏曲的前几个音节。这是克兰兹的主意。在克兰兹为辅导员们安排的夏令营准备期的第五个训练日的早晨，布里弗曼就知道这个曲目已经永远毁掉了他对这个小号协奏曲的兴致。

好啊，克兰兹工作繁忙。还有个叫做安的姑娘从英国过来追随他。谢天谢地安不是个美人。她是个跳现代舞的。

夏令营的组织基本建成，孩子们到达之后，事情将顺利发展，到时他们将重拾他俩对宇宙和世界的探讨。

克兰兹解释了美国棒球的运动规则。

"如果其中一个球员接到了球，击球手就出局了。"

"听起来很合理啊，"安说。然后他俩就拥抱了。

他希望他俩之间的对话能很快开始，因为他一点都不喜欢这个夏令营。下流可憎。他刚到时就感觉到了。富孩子的夏令营有一种下流可憎的东西，如此明显，让人恶心。好像一个趣味公园，或者数台俗丽的弹球机。他朝四下里看看，看到游乐场、手球场、吊床和船只，这些为了让孩子们能在整个夏天待得住的容器，让他们的父母能放心将孩子交寄的地方。家庭的坏疽。而回到蒙特利尔的起居室里却充满了扭曲的亲密的臭味。

他很高兴这时雪儿是在四百英里之外的某处等待。

辅导员们此刻正在甲板上，躺在太阳底下。布里弗曼巡视这些肉体。很快这些肉体将晒成褐色，胸罩吊带所在的位置除外。现在她们的肉体还是城市人的白。这些松树该是多么蔑视这些人啊！

布里弗曼看着一个名叫旺达的高个儿女孩，她正坐在甲板尽头，脚趾在水里一晃一晃地。她的腿还不赖，黄头发，可是这些并没有让他着迷。她还不完全符合黄金比例。旺达，你对于布里弗曼是安全的。

所有的女孩儿都平淡无奇。而这是个笑话。他知道接下来的两个月这个群体会如何。他将会给所有的女孩儿写十四行诗。这些尚未写下的诗篇让他疲惫不已。

劳伦斯山区的天空繁星满天。布里弗曼对于星座的名字所知甚少，他将这一大片的星团看成它们美丽的特征。

"辅导员们开会啦，"克兰兹冲着阳台喊了一嗓子。

"别去，克兰兹。"

"好主意啊。主席缺席。"

他俩朝辅导员室走的路上碰到艾迪，这个麦吉尔大学法律系的新生。

"头一个能将旺达上手的人就能得到这钱，"艾迪建议，"我是说，只是时间问题。在夏令营结束前我们都得试这妞儿，每个夏天都是这样。这样一来我们当中需要一个人来收集赌注。"

布里弗曼讨厌这种乳臭未干的话。他希望自己能有勇气给他的脸来一下子。可能克兰兹会这么做。他现在可是恋爱中的情人啊。

"我猜你们肯定在想这个人来领这笔钱的时候，我们如何确认他是第一个上手的。"艾迪，这个法律专家，向保持沉默的两个人解释。布里弗曼在这共同的沉默中寻找他们过去的友情。

"我以为我们信得过彼此，"克兰兹说，"是吧，布里弗曼？"

布里弗曼却让他俩去看一颗刚刚滑过天空的流星。

"和宇宙的一次辉煌的约定。"

他们都同意了每个人出五块钱，这样一来，算是一笔可观的数目。

你能盼望什么呢，布里弗曼？在一个起风的山丘上的重聚，一柄刀的仪式，歃血而盟？

5

汽车站那里的场景一片混乱，父母，孩子，渔具，网球拍，被牵着来与小主人们道别的迷惑不解的狗。早盼着这一天到来的母亲们突然坚信自己的孩子这一去准得饿死。一份特殊的膳食单被塞进了布里弗曼的手中，连带着一张五元钞票。

"我知道你会保护好他，"一个女人急切喊道，同时又在人群中找下一个贿赂目标。

离正式道别还有十五分钟的时候，布里弗曼躲到了其中一辆等候的车里。他闭上眼，听着窗外的嘈杂声。想着自己怎么会和这些人混到一起了？

"我名字叫马丁·斯托克，大写的 S，小写的 t，小写的 a，小写的 r，小写的 k，后面不加 e。"

布里弗曼一转身。

他身后的椅子上僵坐着一个十一二岁的男孩儿。他的眼睛白得难以置信，好像他被训练过，要最大程度地展示眼白一样。这样的眼睛让他看起来似乎刚刚见证了一场灾难。

"我写拼读作业有时会在后面加个 e，然后我得撕掉整页重新开始写。"

他说话的声调单一，可是每一个字他都很用心地说，好像是在上一节演讲课。

"我的名字是布里弗曼，大写的 B，小写的 r，小写的 e……"

有人已经警告过他，要注意这个马丁，是他营队中的一员。据艾迪所说，马丁是个半疯子半天才的人物。他的妈妈似乎很为他而羞愧，从来没有在探访日来探望过他。今天，布里弗曼从这个男孩嘴里得知，他妈妈提前一个小时就来了，将他放在这辆汽车上，叮嘱他别乱动，这样她就避免了见到其他孩子的父母。

"马丁，这个夏令营我会是你的辅导员。"

马丁听到这个消息没什么反应。他继续用一种空洞不变的恐惧盯着布里弗曼的后方。他的脸很瘦，有一个伟大的恺撒式的鼻子。他不说话的时候经常紧咬牙关，如此一来，他嘴角两边的纹路非常深刻清晰。

"你最喜欢的商店是哪家？"马丁问道。

"你最喜欢的呢？"

"迪昂商店。你最喜欢的停车场是哪家？"

"我不知道，你的呢？"

"迪昂商店的停车场。"

这些问题让马丁兴奋起来，他开始问得上气不接下气，"迪昂商店所在的那栋楼里有多少扇窗户？"

"我不知道，马丁。有多少？"

"你是指所有墙上的吗？"

"当然是所有的墙啦，只知道一面墙或三面墙上的窗户又有什么用？"

马丁带着喜滋滋的胜利说出了数目。布里弗曼傻乎乎地对自己许诺下次进城时一定要去数数，看他说得对不对。

"上星期四迪昂停车场停了多少辆车？"

"你告诉我。"

五十个夏令营成员上来占领了汽车。好些孩子在争座位，布里弗曼和马丁刚建立起来的友好随着消失了。整段旅途上马丁都很平静地坐着，自己独自嘟囔着什么。后来布里弗曼才了解到马丁很喜欢算四位数乘法。

车往北行的时候布里弗曼问马丁："你喜欢乡村吗？"

"我得调查了才知道。"

6

三百个下颌咀嚼食物时发出的声响可是惊人的。长椅要么离饭桌太近，要么太远，总需要复杂的矫正程序。一个队员在他的牛奶杯里吹泡泡，他几乎挥手给了一掌。

用过餐后，布里弗曼和艾迪表演了节目。布里弗曼弹着吉他演奏了近乎失传的复杂和弦，艾迪吹着口琴的高音部，想盖过食堂的喧闹。

布里弗曼一直想在自己的脑子里听到被弹奏的韩德尔的音乐，这次他猛烈拨动这一把借来的吉他。他的左手还没有起茧子，无法控制琴弦与手指间的咬合。

他的队员和艾迪的队员共享一间宿舍，辅导员们在同一栋房子里有自己的隔间。他们两人之间达成一个共识，前几天一定要纪律严明，然后可以放松下来，做个和善可亲的人。在严肃的讲话后，男孩子们都迅速回床睡下，除了马丁，撒泡尿用了半个小时。艾迪告诉队员不管早上何时起床，都要保持安静。

这两个辅导员躺在轻便床上，屋子里一股严格管理的气氛。马丁怪异的声音响起来。

"排队的时候我能排第二吗？"

"可以，马丁。"

"我能清理鼻孔吗？"

"别太大声就行。"

"我能给我兄弟写信吗？"

艾迪探过身来小声告诉布里弗曼："他没有兄弟。"

等大家都睡着了，布里弗曼跑到厨房，厨房里有部电话。他给在纽约的雪儿打了电话。他想听到她的声音，她的声音能消除这一天里的喧闹。他想听到她对他说"亲爱的"，他在城里就给她打了好多次电话，欠的话费一定可观。

他什么都没向她表示，只是等着，一遍又一遍读着电话簿上的拨打指南。一个内心的声音在尖叫：没有接通，没有接通。

雪儿告诉他她非常喜爱约瑟夫·康拉德的作品。

他们温柔地道别，两人都知道这刚刚的三分钟是白费了。

他写了两个小时，描写白天发生的一切细节。黑蝇在他的手上叮咬，他放下笔来。他的印第安夹克让他感觉很热，可他又不想脱下来。他放下笔。

7

马丁让他惊奇不已。他估计是他自己错误地理解了马丁的表情。那不是空洞的恐惧，而是总体上的好奇。他是非常罕见的造物，一个有福的疯孩子。孩子们将马丁当作他们其中的一员，带着一种困惑的敬畏对待他。

一天下午他们围着马丁找乐子，给他很多大数字，让他做乘法。

马丁前后摇晃着身体，闭着眼睛，如同祈祷的人。他算数时用摊开的手掌拍着大腿，好像一只笨拙的鸟试着要飞离地面，而且发出嗡嗡的声音，仿佛他的心智是机械的。

"嗯——嗨——嗨——嗨——……"

"瞧他呀！"

"嗯——嗨——嗨——嗨——……"

"快点啊，马丁小子！"

"八万一千九百一十八。"他说道，睁开了眼睛。男孩们欢呼起来，拥抱他。

后来他瞥见一棵小松树。他呆呆地停下，盯着瞧，走出男孩子围起来的圈子。布里弗曼跟在他身后。

"你没事吧？"

"哦，没事。我想我最好数数这些。"

到了吃晚饭的时候，他很高兴地宣称他发现了每棵松树上大概长着多少松针。

克兰兹发现布里弗曼下午的活动后，很有些不高兴。

"这个不是斯托克女士付钱让她孩子来这儿的目的。"

"不是吗？"

他们两人之间出现这种一个严厉批评另一个的局面简直让人难以置信。

"不是让她的孩子像个街边玩杂耍的。"

"她付钱是干吗来了？"

"别说了，布里弗曼。你明白这个不健康。她想让自己的孩子像其他孩子一样——正常，别太引人注目。现在他这个样子就已经够让她为难了。"

"好吧，我们强迫他参加棒球队。"

"违反规章制度会收到严惩的，布里弗曼先生。"

8

众人的床铺后面升起的是如马掌一样的山丘。其中一个山丘上有一间带木头长椅和舞台的圆形剧场，常被用来表演戏剧、唱歌，以及在安息日那天祈祷。

你们的帐篷多么结实啊，哦，雅各布，

和你们的安居之地，哦，以色列……

他们用希伯来语唱着，他们的歌声与阳光交融在一起。这儿的空气芬芳，高高的松树显出墨绿的光泽。队员们都穿着白色衣服。

这就是我们为何如此美丽，他暗自想着，在这样的时候——我们歌唱的时候。纳粹党员们，十字军战士们，臭气熏天的奴隶们，正直的公民们——只有在他们同声歌唱的时候才能容忍彼此。任何不完美的歌都暗示着理想的主题。

艾迪讲了沙勒姆·亚拉克姆①笔下一则美妙的故事，说的是一个男孩子想学小提琴，却被信东正教的父母禁止。有那么一小会儿布里弗曼担心艾迪会做得太过，可他没有，他轻摇着身体，随着他想象中的小提琴的乐声跳着舞，大家都听得入了迷。

这也是那个为女孩的身体打赌的艾迪。

布里弗曼呆坐着，想着他自己永远不可能做得这么好，永远不会这么冷静，充满了魔力。而这个就是他想成为的：成为一个温柔的英雄，受众人爱戴，他会和鸟兽交流，如同巴尔·谢姆·托夫②那样将孩子们扛在肩上。

他永远也做不到信心十足地说一个犹太语的词。

"克兰兹，"他低声问，"为什么不许我们穿过这些小径啊？"

---

① 沙勒姆·亚拉克姆 (1859—1918)，犹太裔俄国作家。
② 巴尔·谢姆·托夫，波兰裔犹太教哈西德派领袖，神秘主义者。

十二张正义凛然的脸向他看过来，示意他噤声。

然而，他明白这是自大。他常常将自己视为货真价实的犹太人。他成长的家庭背景教给他这个独特的经验。他因此而感激。现在他将这个经验延伸到他自己身上。

不管怎样，这所有的一切又是关于什么的呢？沙漠里一个孤独的人，请求神的告谕。

安表演了一个哈西德舞，用乱扭的冷嘲式动作去掉了她所有的女性特征。有那么一会儿工夫他们在欧洲迷失了，他们的肤色苍白，在狭窄的街道中等待奇迹和复仇的机会，尽管他们永远不会进行复仇。

安息日的礼拜结束之后，有只蝴蝶似乎一直跟着布里弗曼下了山，在他离开林子向炽热的营地走去时，蝴蝶消失了。那一整天他都觉得很是荣幸。

9

"真难啊，"雪儿说，"每个人都有个身体。"

"我知道，"布里弗曼说，"晚上通常到了某个时辰，最需要的其实就是有只臂膀能环着你的肩。"

"真高兴我们还能聊天。"

她如此忠诚，将她受到的诱惑对他坦诚相告。她不想对他隐瞒任何东西。他俩都明白这样做的危险：想得到我的人不少。拥有我吧，否则别人就会。

他在黑暗的厨房里斜靠着墙，听着她说话。怎么会有人如此温柔地对他说话，真是奇妙啊！他是如何安排的这个奇迹，在这奇迹里有人这样温柔地对他说话？他相信这是一个他从未占有过的魔法，就像读到某人的第一首诗。可是，这儿，有人低声说出他的名字。

他心里逐渐升上来一种不祥的预感，他会把这呢喃低语带到一百张不同的床上，然后迫使她沉默。

"雪儿，我明天去纽约！"

"你不在夏令营干了？"

"这儿没有我需要的。"

"噢，劳伦斯。"

他出门的时候正下着雨，她的声音仍萦绕着他。他围着其中一个操场开始绕圈，操场边高耸的松树和四周的山丘让他觉得自己是在一只大碗里。有一座黑色山丘看起来让他立刻想到自己的父亲，他绕圈的时候几乎不敢向上看，跌跌撞撞地走着，像个酒醉的人。

雨让电灯的亮光显得朦胧，而且让各处变得孤立起来。一种不可置信的羞愧感淹没了他。他的父亲就在这山丘里，如同风一样在成千上万湿漉漉的树叶间穿过。

一个想法击中了他——他是个有祖先的人！他的祖先可以追溯到远古的从前，如同项链上的雏菊彼此相连。他在泥地里一遍一遍绕着圈。

他跟跄着倒下，嘴里尝到泥地的味道。他静静地躺着，衣服被泥水浸透。一件非常重要的事情将在此地发生。他对此深信不疑。

不是什么黄金，也和这光没关系，而是一件必要的、无可避免的事情马上会在这泥地里发生。他必须待在这里，看着事态如何发展。他很奇怪自己并不觉得如何冷，一旦想到这一点，他开始打起寒颤来。

他给雪儿发了封滑稽的电报，解释自己为什么不能来纽约。

10

布里弗曼收到了斯托克夫人的一封信。通常来讲，对于辅导员们按照规章发出的公函，家长们一般不会回复。

亲爱的布里弗曼先生：

我深信我将儿子交给了值得信任的人。

我一点也不焦虑，也不希望再收到关于他日常行为的报告。

您真诚的

R·F·斯托克

"你到底给她写了些什么？"克兰兹怒道。

"是这样，克兰兹，我碰巧很喜欢这孩子。为了写这封信我颇费了些周章。我只是想表明我认为他是一个很值得珍惜的人。"

"哦，你认为？"

"那我应该怎么说呢？"

"什么也别说。说得越少越好。我告诉过你她的情况。每年就这两个月的空闲她不用每天都面对他，可以假装相信他是一个正常孩子，和其他男孩一样在一个正常的夏令营做着正常的事情。"

"可事实不是这样。他可比这个更重要。"

"好极了，布里弗曼，激情可嘉。可你就自己留着吧，好吗？你是在取悦自己，而不是这个孩子的母亲。"

他俩站在办公楼的阳台上。克兰兹正准备要用喇叭广播夜间活动。

克兰兹了解他所了解的马丁吗？不，这也不确切。他对这个男孩一无所知，他只是爱他。马丁是个神性的白痴。这个团体应该以马丁是其中一员而为荣，而不是容忍他。种种的特殊机构应该为他而建，他的语无伦次的神谕。

他俩之间的对话火气很大，可在外面这块开阔地里，听起来并不显得怒气冲冲。

克兰兹看了看手腕上朝里戴着的手表，转身往里走，这时他瞥见草坪下方的灌木丛里有一个脸朝下躺着的人影。

"看在上帝的分上，布里弗曼，这就是我的意思。"

布里弗曼飞快地穿过草坪。

"马丁，你在干啥？"

"二万零二十六。"

布里弗曼回到阳台上。

"他在数青草呢。"

克兰兹闭上眼睛，双手拍着栏杆。

"布里弗曼，你今晚给孩子安排了什么活动？"

"拾荒。"

"好吧，让他加入团队。"

"他对拾荒不感兴趣。"

克兰兹谈过身来，带着一股恼怒的笑容，"说服他。你到这里来，就是来干这个的。"

"收集昨天的旧报纸和数青草又有什么不同？"

克兰兹跳下阶梯，帮马丁爬起身，又示意马丁可以趴在自己肩上，他可以扛着他走过草坪，加入布里弗曼的队伍集合的地方。马丁兴高采烈地骑在克兰兹的肩上，不知什么原因用他的食指堵住耳朵，眼睛眯起来，好像等着一阵震耳欲聋的爆炸声。

每天晚上在他入睡前，马丁习惯了告诉他那一天又得了什么乐子。他用一些高深莫测的想法来检查他的这些乐子。

"马丁，今天过得怎么样？"布里弗曼坐在床上问。

那个机械般的声音从未犹疑过。

"百分之七十四吧。"

"这个的意思是好吗？"

"差不多吧。"

11

他为自己能这么一动不动地躺着而惊讶。

他甚至比倒映着青山的湖水还要静。

旺达坐立不安，趁着剩下的天光假装写信。她长长的黄头发有点乱，她生着金色毛发的四肢可以被每个人崇拜，可是这四肢并没有融合进美。况且，他同一时间能亲吻多少大腿呢？

我真希望自己有张巨大的嘴啊。

这些苍蝇真可恶。他们抹上了防蚊霜。旺达将手臂伸过来给他，可是他并没有将防蚊霜涂在她手臂上，而是将瓶子递给了她。他的幻象却是将防蚊霜用越来越急切的狂热涂满她全身。

一阵小雨掠过水面，给水面蒙上一层银色薄纱。他们不时听见从营地传来的欢呼声，是孩子们聚在大厅观看电影《灵犬莱西》发出的欢呼声。

小雨停了，平静的水面恢复了澄净。

"我从来没有真正在湖边住过，"旺达说着，开始光着脚丫子走起来。

"旺达，现在可别做什么诗啊。"

他心不在焉地抚摸着她的脸和头发，她的脸和头发比他想象的要更柔滑。

一只内在之眼飞出了船屋，如同一颗高高的缓缓而行的星星，俯瞰这小小的三合板建起来的盒子，盒子里两个小人儿（交媾的昆虫吗？）对着彼此做出不可避免的芭蕾动作。

旺达试着将头转到一个位置，以便可以亲吻抚摸着她的手指。

最后他终于吻了她的嘴唇，她的嘴，她的腹部，所有的部位。

然后一件非常让人不安的事情发生了。

旺达的脸变成了小丽莎的脸，船屋里很黑，他不认识这张脸变成的样子，这张脸又开始变成柏莎的，很可能是因为旺达金黄的头发。他努力静眼注视着，想将这正在变化的脸返回成旺达的样子。

他用嘴追着这些变化的脸，无法让任何一张停下来。旺达把他的反应错误地理解为对她的激情。

他们一起顺着小径往上走。天空是淡紫的颜色。月亮从一团柔和的云彩后现出来。小径上因落满了松针而变得格外柔软。也许马丁能算出来有多少枚松针。

旺达打了个喷嚏，大概是因为潮湿的木板而受凉了。

"这里真安静啊。"

布里弗曼很想告诉她众人为得到她的身体下的赌注，作为一种惩罚，因为她刚刚讲的这句话毫无新意。

"你知道我们这一代的抱负是什么，旺达？就是我们都想成为住在茅草屋里的中国隐士，但是可以经常有性爱。"

"你就不能说些不这么冷酷的话吗？"她低叫了一声，从他身边跑开了。

为了惩罚自己对她造成的伤害，他整晚坐着。清晨的鸟开始鸣叫。窗户上渐渐显出一层灰白的光，窗外的树看起来仍然是黑色。山上被一层轻雾缭绕，可是他不想出门追随。

几天后他发现自己受了旺达的感冒传染。他也不能理解他的队员们为什么吃饭时都那么大口。他们在牛奶里吹着泡泡，用口水将牛奶稀释，为得到更多食物互相推搡，将面包一小块一小块撕下来，又用手捏成团，然后拼成各样的形状。

布里弗曼朝马丁看了一眼。这孩子还什么都没吃。克兰兹早已警告过他要密切监督这孩子的饭食。有时候马丁会神秘地禁食，个中缘由到现在还是个谜。在这种情况下，布里弗曼倒更愿意拥抱他。

他的头脑里满满当当的。苍蝇们恶意攻击加强了。他和队员们同时上床，却难以入睡。

他躺在那里傻想着克兰兹和安，想着可爱的雪儿。

平躺的姿势是个陷阱。他想学习站着睡觉，像马一样。

可怜的克兰兹和安正在树林里。在受到黑蝇的袭击前，他们可以光着身体躺多久呢？他的双手将不得不离开安的肉体和头发，去挠自己的痒痒。

"我能进来吗？"

是旺达。她当然可以进来。他正被床束缚住了，不是吗？

"我只是想告诉你我为什么一直不让你见到我。"

她关上灯，以免两人都遭到黑蝇的叮咬。她说话的时候他们的手指缠在一起。就在他将她拉近身旁要轻吻时，他注意到角落里有只萤火虫，萤火虫不规律地发着光。布里弗曼确信它几乎半死了。

"你为什么吻我？"

"我也不知道。这与我来的原因正好相反。"

他对萤火虫似乎兴趣浓厚。它还没死。

"你怎么会不知道？"

她的手在上衣里摸索着什么。"你把我的胸带扯断了。"

"这个对话棒极了。"

"我该走了。"

"你是该走了，他也该走了。我们该走了。他们该走了。"

"你似乎不能和任何人好好说话。"

这个能让他觉得悲惨吗？不。他把自己交给了萤火虫的危急存亡。每次微弱的冷色闪光的间隙变得越来越长。如同《彼得·潘》里的仙女小叮当。每个人都必须相信魔法。没人相信魔法。他不相信魔法。魔法本身不相信魔法。请别死。

它没有。旺达离开后很久它还在一闪一闪。克兰兹过来借艾迪的《时代》周刊时它在一闪一闪，他试着入睡时它还在一闪一闪，他在黑暗中写日志时它还在一闪一闪。

哇啊哇啊哇啊……所有的小孩子都哭起来。

12
—

凌晨三点，布里弗曼很高兴大家都睡熟了。这样一来就整洁多了，参加夏令营的队员和辅导员一排排躺在各自的小床上。他们醒着的时候，可能性就太多了，每个人的自我需要面对，他人的神情需要仔细琢磨，还有即将进入的那些世界。这么多变化简直让人困惑。遇到一个单个的人就够费时间和工夫了。一个团体则是对于个体之爱的失败的见证。

一个清冷的夜晚，呼出的气在空气中形成白雾。大地似乎亲密地与天空相连，似乎被高而凛冽的寒星拥抱。树木、山丘、木头房屋，甚至低回的夜雾，都被钉在地球这颗巨石之上。似乎一切都不会移动，什么都不能打断众人的安睡。

　　布里弗曼在黑黢黢的小木屋之间行走着，几乎是大步流星地走着，为自己是这个冰冻的世界里唯一醒着的事物而狂喜。旺达睡着了，她的头发失去了原有的光泽；马丁睡着了，他的下颌放松，和他的恐惧安然相处；安睡着了，一个非专业的舞者；克兰兹也睡着了。他当然熟悉克兰兹入睡的样子，他打呼时因呼吸不畅嘴皮前突的样子。

　　他在这些小木屋之间行走时在心里将这些墙都分解了，将每一种形式的孤独排列清楚。这个夜晚的睡眠古怪得粗野。他注意到入睡者脸上贪婪的表情，如同一场盛宴上孤独的饕餮者。在睡眠中每个人都只是唯一的孩子。他们在睡梦中转身，挪动身子，蜷起一条腿，摊开手肘，再次转身，挪动身子，如同一只只上等螃蟹，每个人都在他自己个人的白色沙滩上。

　　这些沉睡的人，他们所有的抱负、能量、速度和个性都被精心地包扎好，如同一排排过期的圣诞装饰。每一种在力度上如此有张力的形式，在他们各自遥远的梦境里挣扎。这夜晚，看起来如此尖锐而平静，这个物质的世界，会一直安静地等待，直到他们都醒过来。

　　你们都失败了，布里弗曼大声对他们说道。我们这个渺小的生命，只是催眠师们的锦标赛。而我赢了。

　　他决定和克兰兹一起同享这一奖赏。

　　克兰兹行军床上方的窗户上安了屏风，屏风上有个凸起。每次布里弗曼敲打纱窗的时候就会引起一场小小的震雷。

　　他的脸没有出现在窗户上。布里弗曼又敲了敲。传来克兰兹单调的说话声。

"你踩在花上了，布里弗曼。如果你往脚下瞧瞧，你会发现你是站在花坛里。你为什么踩着这些花呢？布里弗曼？"

"克兰兹，听这个：失眠最后的安慰是在这个沉睡的世界里有种优越感。"

"很好，布里弗曼。晚安。"

"这种安慰的最后的优越是这个失眠世界里的沉睡感。"

"喔，棒极了。"

"这种优越感的安慰世界是沉睡的失眠的最终感觉。"

"嗯，是的。"

传来一阵弹簧的吱嘎声，克兰兹出现在窗户后。

"嗨，布里弗曼。"

"你现在回去睡吧，克兰兹。我只是想叫醒你。"

"你不如叫醒整个营地呢。叫醒他们吧，布里弗曼！这是晚上。"

"为什么？"

"一个童子军的圣战啊。我们向蒙特利尔进军。"

"原来所有这些纪律都有原因的。原谅我，克兰兹。我早该知道的。"

他俩计划对蒙特利尔的攻击，然后以邪恶的热情迎接接踵而来的殉道情怀。聊了几分钟后，布里弗曼开始浮想联翩。

"克兰兹，这是为了我好吗？一种出于仁慈的治疗？"

"上帝罚你，布里弗曼！"

行军床又响了几下，克兰兹出现在门外，穿件浴袍，脖子上搭着条浴巾。

"我们走走吧，布里弗曼。"

"你刚刚是在迁就我呢，克兰兹。"

"我不明白你怎么一会儿充满了洞察，一会儿又盲目地可悲。好吧，我承认。我刚才是睡着呢，我那会儿是想让你滚开。再说，安也在床上。"

"抱歉，我——"

"行了，现在是我要对你说。几个星期来我就想和你说说了。"

"什么事？"

"大家是完全找不到你人啊，布里弗曼。我也找不到你，所有人……"

他俩站在独木舟的架子旁说着话，听着水声。沙滩潮湿，其实站在那儿太冷了，可是他俩都不希望他们刚刚开始的交流会因此而受到阻碍，两个人都明白这交流是如此脆弱。

海边的雾从蛇一般的一缕缕开始变得浓重，天际发出蓝紫的光。

他们开始告诉彼此他们各自交往的女孩子，有点儿严肃，小心地省去任何关于性的部分。

13

他看到马丁清理自己的鼻子，他那个伟大的恺撒式鼻子，这鼻子原本可以发起历史性的战役，却只被用来数青草和松针的数量。

每天早晨马丁都提前半小时起床来完成他的清鼻仪式。

牙签，脱脂棉，凡士林，镜子。

布里弗曼问他为什么。

"我喜欢鼻子干干净净的。"

马丁请布里弗曼帮他寄封信给他的兄弟。斯托克夫人早就指示过，将这些信拦截并销毁。布里弗曼读着这些信，更加理解了这个男孩子的痛苦。

亲爱的脏胖坏小子：

你发出的三十四封信我都收到了，而且马上就察觉到你信中成千上万的谎言。我希望你饿得发慌，希望你勃起的鸡巴裂成两半，伴随着你的声声惨叫。你在她面前说了我那么多坏话，把那些甲虫都放出来。你怎么不在你的嘴里塞满毛巾和刀片呢。妈妈不是傻子，她在手电筒的光下读到你在毯子下面写给我的那些毒狗屎。

爱你的兄弟，

马丁·斯托克

14

那天放假。尽管汽车上炎热难耐，能回到蒙特利尔，布里弗曼还是欣喜异常。可是哪个狗日的能为拆毁了城中最好的那部分负责呢？

他去看了母亲，没能让她明白他离开蒙特利尔有些日子了。总是同样可怕的经历。

他走过舍布鲁克大街。蒙特利尔的娘们儿真美。从纤细的脚踝骨往上，她们的长腿如同导向飞弹直冲到私密的高处。

他从她们衣服的褶皱处形成狂野的想象。

她们洁白而快速晃动的腰如同降落的星辰，将他砸入袖孔。今晚她们不得不从她们浓密的发间梳落下他的眼球。

他将上百双手插入胸部，如同藏起来的钞票。因此他叫上了塔玛拉。

"进来吧，老伙计，老家伙。"

一阵松节油的气味。又是几幅苦痛之中的自画像。

"塔玛拉，你是我唯一可以聊天的女人。过去的两个星期我手里一直是握着你的嘴入睡。"

"夏令营怎么样？克兰兹怎么样？"

"进展很好。可是他永远不可能成为一个有同情心的司令官。"

"你的气味真好闻。你晒得这么黑。嗯——味道好极了。"

"让我们放纵一下吧。"

"任何情况下这都是个好主意。"

"让我们互相赞美彼此的性器吧。你恨这个词吗？"

"对女人来说不好。对男人来说是件好事。听起来很屌——吊来吊去的那些东西。让我想到枝形吊灯。"

"你妙不可言，塔玛拉。上帝啊，我喜欢和你在一起。我可以是任何玩意儿。"

"我也一样。"

雪儿带着她公开的礼物，这击中了他，迫使他表现高贵一些。

"让我们求助于一切。"

他们在清晨五点离开了房间，一起去"中华园"大吃了一顿，两人笑得像个疯子，用筷子彼此喂食，然后决定他们是在恋爱。服务生们都盯着看，他们都懒得抹掉身上的颜料。

回去的路上他俩谈起雪儿，谈起她的美。他问塔玛拉介不介意他给纽约的雪儿打个电话。

"当然不。她不一样。"

雪儿接到电话时正睡意蒙眬，可她很高兴接到他的电话。她说话的语气像个小女孩子。他告诉她他爱她。

他搭早班汽车回到夏令营地。不朽的塔玛拉，她一直把他送到车站。他们统共只睡了一个小时的觉，他把这个看作真正的温情。

15

现在我们必须更近距离地观察布里弗曼的日志：

星期五晚。安息日。广播里的仪式音乐。圣洁，圣洁，圣洁的主啊。大地充满你的荣耀。如果我能停止我的仇恨。如果我能相信他们写下的被丝绸包裹起来的冠以黄金的事物。我想写下这些文字。

我们的肉体是褐色的。所有的孩子都穿着白衣。使我们能够礼拜。

再次带我回家吧。再一次建起我的房屋吧。让我居住在汝中。带走我的痛苦。我不能再用它了。它不能成就美，它让树叶变成煤渣，它让水变得酸臭，它将你的身体变成石头。圣洁的生命。让我过上这生活。我不想憎恨。让我繁荣吧。让关于你的梦在我的深处繁荣。

兄弟，把你的新车给我吧。我想开着它去找我的爱人。为了报答你，我将这轮椅给你；兄弟，把你所有的钱都给我吧。我想用它去买我的爱人想要的一切。为了报答你，我将给你盲目，这样你就会在对他人完全的控制中度过余生；兄弟，把你的妻子给我吧，她就是我的爱人。为了报答你，我命令这座城市里所有的妓女给你无限多的信誉。

汝。帮助我去工作，我双手的工作全都属于你。别让我的奉献如此微不足道，别让我变得疯狂，别让我狂热地称着你的名而降落。

除了我自己的肉体，我对其他人的肉体毫无兴趣。

将我带离安全之地。在我所在之处没有安全可言。

如何将我的岁月奉献给汝？如今我终于说出来了。如何将我的岁月奉献给汝？

16

最亲爱的雪儿：

你的镶了细银线的玉耳环。我想象你的耳朵上佩戴它们的样子。我想象你侧着头，风拂过你头发的样子。然后是你的脸。最后是你所有的美。

然后我记起你对他人对你肉体之美的赞誉之词的怀疑，所以我只赞美你的灵魂，你的存在是我相信的唯一。

我发现你的眼睛和肉体的美只是灵魂每天所穿的服饰而已。我问这灵魂在安息日那天穿什么，这灵魂就变成了音乐。

我所有的爱，亲爱的，

劳伦斯

17

安和布里弗曼那天都值夜班。他俩坐在双层铺位前面的台阶上，等着辅导员们签到。

是的，是的，克兰兹正在城里办理和夏令营地相关的事项。

她的发辫如同一条厚重而弯曲的河流。有些萤火虫在松树的顶端飞舞，有些就在树根附近。

这是我给你的诗。

我不了解你，安。

我不知道你，安。

我不明白你，安。

永恒的主题：小虫和飞蛾撞击着明亮的电灯泡。

"这样的晚上我就想一醉方休，"她说。

"我想保持清醒。"

这时飘起细雨来。他仰着脸，想全然忘我地融进自然。

"我想出去走走。"

"能和你一起吗？我不怕这么问，因为我觉得自己了解你。克兰兹告诉了我好多关于你的事。"

细雨只持续了十秒钟。他们沿路走到村子里。他们在松香最浓郁的地方停下来。他发现自己的身体在前后摇摆，如同在犹太教堂里做礼拜一样。他想要她，他越想要她，就越发成为这夜雾和树木的一部分。我永远也走不出去了，他告诉自己。这就是我要待下来的地方。我喜欢这气味，我喜欢如此近，又如此远。他觉得自己是这夜雾的制造者。这夜雾从他的毛孔里喷薄而出。

"如果你想独自待着，我这就回去。"

他很长时间都没回答。

"不，我们最好两个人都走。"

他没有动。

"那是什么？"安听到些声音。

他开始告诉安关于燕子的故事，那些居住在悬崖边的燕子和住在仓廪间的家燕。关于燕子的一切知识他都了解。他曾经乔装成一只燕子，和它们住在一起，观察并学习它们的行为方式。

他站得离她很近，但没有收到任何拥抱的信息。他很快走开了，又走回来。他散开她的发辫。发辫那么浓密，和他想象的一样。他又走开去，从路边的灌木丛里扯下一根树枝。

他狂野地挥舞着手中的树枝，树枝上的叶子纷纷碎裂。他抽打着她脚旁的土地。她跳来跳去，大笑着。他扬起的尘土有膝盖那么高。可是这些灌木丛必须再次受到攻击，这些树桩，低低的发黄的草地，在夜色里有些发白。然后是更多的灰尘，树枝划伤了她的脚踝。他想让灰尘扬到足够将他俩都遮住，用尖锐的鞭打切开他俩的身子。

她从他身边跑开，他跟着她跑，抽打着她的小腿肚。他们尖叫着，大笑。她朝着营地的灯光跑去。

18

亲爱的安

我想

看着你的

脚趾

当你

全身赤裸

他用他的眼神几百次地递交给她，想都没想。

19

"把手放在她胯裆，五毛钱。"

克兰兹和布里弗曼开着玩笑，将安一块一块卖给他。布里弗曼不喜欢这个玩笑，可他还是笑了。

"一个几乎没用过的乳头，三毛六怎么样？"

哦，克兰兹!

这两人就布里弗曼对待马丁的态度争论过。布里弗曼绝对拒绝让这个孩子加入任何集体活动。布里弗曼让自己在营地工作的机会岌岌可危。

"你明白我们不可能在这个时候再去找人替补你的工作。"

"这样的话你就得容忍我用自己的方式对待他。"

"我不是让你强迫他参加集体活动。可是你确实是在往相反的方向鼓励他。"

"我喜欢他的疯狂。他也喜欢自己的疯狂。他是我遇到的唯一一个自由的人。任何其他人做的事情都不如他做的事重要。"

"你在胡说八道，布里弗曼。"

"可能吧。"

在轮到布里弗曼做星期日的布道那天，他又决定不做了。因为他对这些人再没什么好说的了。

克兰兹严厉地看着他。

"你犯了个错误。请走到讲台上来。"

"你这样要求我，也是犯了错。我俩都想证明不同的事情。现在你知道你是独自一人了，克兰兹。"

"是的，"他慢慢地说，"我知道。"

就是这样一个时刻，这个真正的遇见，布里弗曼没有尝试将这个机会变成长远的承诺。他已经将自己训练成享受当下的人。"你所爱的将留存，其余的都是残渣。"

"你当然明白你是将自己和马丁认同，当你允许马丁与其他队员分开，你其实是将自己排除在众人之外。"

"克兰兹，别又来这一俗套了。"

"我记得每件事，布里弗曼。可是我无法在其中生活。"

"好吧。"

因此，当安加入到他俩中间时，克兰兹说："屁股的价格就很便宜。"他听到这话，不得不很应景地大笑起来。

20

那天傍晚，他一动不动地待在聚会厅的露天阳台上。克兰兹正准备通过扩音器放一张唱片。

"嗨，安，你想听莫扎特第四十九吗①？"他大喊道。安朝他跑

———————————————

① 莫扎特一生只创作过四十一部交响乐。

过来。

布里弗曼看见草丛里的三叶草，这是一个发现，还有从低矮的沙丘顶上飘过的雾，如旧照片发黄褪色的部分。水面上的涟漪同雾流动的方向一致，从黑色到银色再到黑色。

他一动不动，不知道他是心态平静呢还是中风了。

那个匈牙利的卡车司机史蒂夫从阳台下走过，从灌木丛间拾起一朵白色小花。他们正在填平一块空地作为操场，将填土倒在一块沼泽地里。

吹笛鸟的鸣叫声中有种尖刺的声音。山下一片根部虬结的松树林旁有一扇破旧的门。

"伦敦桥在倒塌，

在倒塌

在倒塌"

一群儿童唱着。

在布满松针的小径一端站着马丁，和布里弗曼一样一动不动，他的手臂前伸，如同法西斯的敬礼，衣袖向上卷起。

他是在等蚊子在他的手臂上降落。

马丁又有了个新的着迷玩意。他把自己看作蚊子的天灾，在拍死它们的时候一只只数着。他的杀蚊技巧一点也不疯狂，只是伸出自己的手臂，邀请它们停落。等到一只停稳后，啪！另一只手拍将过来。"我恨你，"他对每一只横死的蚊子说，数着它们。

马丁看到自己的辅导员站在阳台上。

"一百八十，"他仰头嚷道，算是打招呼。

扬声器里莫扎特的音乐很响，将布里弗曼观察的每一件事物串连起来。它波动着，将唱片上弯着的两个人影连在一起，无论音乐触及什么：伦敦桥下受困的孩子，消失在雾气中的山顶，如钟摆一般摇摆的空荡荡的秋千，一排泛着微光的红色独木舟，游戏者聚在篮下，跃起接球，如同水花四溅时拍的频闪照片。音乐接触到的一切都凝冻在一幅巨大的织锦里。他也在这巨大的织锦里，一个凭栏的人影。

21

自打对付蚊虫的行动一开始，马丁的愉悦感就直线上升。每天的满意度都在百分之九十八以上。其他的男孩子都以他为乐，让他成为营地的装饰物，将他带给前来营地参观的人看，让参观者为他惊奇不已。而马丁一直就是一个天真无辜的表演者。他通常整个下午都在沼泽地旁边，好些拖拉机开来开去，填平新的操场可以让孩子们在上面跑来跑去。他的手臂因蚊虫的叮咬而红肿，布里弗曼在他的手臂上涂了些药水。

接下来的一个休息日，布里弗曼到附近的湖上划独木舟。红翅的黑鸟惊飞而起，一头扎进芦苇丛。他撕开一茎水莲，根茎中是类似紫色泡沫般的茎脉。

湖水如同玻璃一般平静。他时常能听见从营地传来的声音，听到扩音器里传来召集孩子们游泳的通知，播放的唱片音乐滤过森林，飘行在水上。

他划着小舟顺溪而行，直到一道沙堤拦住了去处。水草流动的方向是唯一能显示水在流动的迹象。蚌壳里满是淤泥，呈黑色——一种不洁的食物。一声泼剌水响，一只青蛙的绿色身体跃入独木舟的下方。低沉的夕阳正缓缓变暗。他朝着准备露营的方向划着桨，桨在夕阳里是金色的。

他生了堆火，在苔藓地上摊开睡袋，准备看夜晚的星空。

太阳总是天空的一部分，月亮却是一位来自远方的奇妙陌生人。月亮。你的眼睛总是看回到月亮，就如同在餐馆里看到一位美人。他想到雪儿。那一刻他有足够的信心相信自己能独自生活，他也相信自己能和雪儿共同生活。

雾气缓慢地在桦树倒映的水面聚集，这会儿已如同雪堆一样厚了。

四小时之后他突然惊醒，握住了身旁的斧子。

"是我，马丁·斯托克。"马丁说道。

火堆仍残存着一点亮光，但非常微弱。他用电筒照亮了这个男孩的脸。他的一边脸颊被树枝严重划伤，可这个男孩笑得正开心。

"你最喜欢的商店是哪家？"

"大半夜的你在这里干什么？"

"你最喜欢的商店是哪家？"

布里弗曼用睡袋一把将男孩裹住，揉了揉他的头发。

"迪昂那家。"

"你最喜欢的停车场是哪家？"

"迪昂那家。"

当这个仪式一结束，布里弗曼就开始收拾露营物事，抱起马丁，把他放在独木舟上，然后开始朝着营地划去。他避免去想如果马丁没有找到他会怎样。他受伤的脸颊需要碘酒。有些蚊子叮咬过的伤口像是发炎了。

划回营地的一路无比美妙，芦苇丛轻刮这独木舟的底部，听起来如同柔和的鼓声。马丁看起来如同印第安酋长蹲在他身边，裹在睡袋里。天空呈现出大片大片的霞焰。

"如果我回家，"马丁大声地说，"老鼠会吃了我的。"

"我很抱歉，马丁。"

"成百上千的老鼠。"

当布里弗曼看到营地的灯光，他有种强烈的愿望想划过营地，和这个男孩一直在湖上划着，在上游光秃秃的白桦林间搭个露营地。

"弯下身来，马丁。不然被他们发现，麻烦就大了。"

"那样也没什么。"

22

绿色？米黄色？在乘车回蒙特利尔的路上他试着回忆母亲房间

的颜色。这样一来，他就不用去想她躺在那里的样子。那种颜色是在医学会议上精心讨论最后决定的颜色。

她在这间房子里度日。在这里能清楚看见皇家山南坡的景致。春天里能闻见丁香的芬芳。你想开窗，让更多的芳香进来，可你做不到。窗户只能开这么大。他们可不想有什么意外自杀弄脏了草地。

"咱们有日子没见了，布里弗曼先生，"护士长打着招呼。

"是吗？"

他的母亲正瞪视着天花板。他也朝同一个方向望去。也许那里有不为人知的事情在发生呢。

墙壁灰得醒目。

"你感觉好些了吗，妈妈？"他试着搭话。

"我感觉好些了吗？为了什么感觉好些了？我应该出去看看他是如何过日子的？别，谢谢了，为这个我可用不着出去，为这个我躺在这里就行，就在这间房子里，和这群疯子在一起，你的妈妈是在一家疯人院里……"

"你明知道不是这么回事，妈妈。只是你可以休息的一个地方——"

"休息！我知道这些事情，还怎么休息？我有个忤逆的儿子，你以为我不知道自己是在哪儿吗？他们用的那些针和他们礼貌的态度，妈妈是这个样子，他还有兴致游泳——"

"可是，妈妈，没人想要伤害——"

他到底在干什么，和他母亲争论吗？她挥起一只手臂想从床头柜上抓什么东西，可是东西早让医生护士们拿升了。

"别打断你妈妈，我遭受的还不够吗？十五年来服侍一个病人，我还不明白吗？我还不清楚吗，我还不明白吗……？"

"妈妈，别这样，别嚷嚷——"

"哦！瞧啊，他以他的妈妈为耻，他的妈妈会打扰周围的邻居，他的妈妈会把他那个异族的女朋友吓坏，忤逆！你们都对我做了什么！一个当母亲的必须安静，我曾经是个美人，来自俄国的美人，人人都看着我——"

"让我好好说给你——"

"人人都和我说话，我的孩子对我说话吗？全世界都知道我躺在这儿，像块石头，一个美人，他们曾经都称我是俄国美人，可是我对我的孩子都做了什么，以致他们如此对待我，我无法去想这件事情，你该从你的孩子那里遭受到我遭受的一切，如同今天，这个星期二，你应该从你的孩子那里遭受到我在这世上所遭受的一切，我房子里的老鼠，我无法置信我现在的生活，这些事情会发生在我身上，我对我的父母是那么孝顺，我的妈妈得了癌症，医生手里拿着她被切除的胃，有什么人来帮我一把吗？我儿子的手指头都没动过，癌症！癌症！我不得不看到这些东西，我不得不放弃我的生活去照看病人，这不是我的生活，看到这些事情，你的父亲会杀了你，我的脸这么老了，在镜子里我都认不出来自己，曾经美丽的地方如今满是皱纹……"

他往后一坐，没有再试着打断母亲的话。如果她想让他说话，她也不会用心听。他真无法预知如果他知道她在用心听的话，他又会说些什么。

他试着让他的心思四处游荡，可他又在意母亲说的那些胡言乱语的细节，他等着探访时间的结束。

十点钟的时候他敲响了塔玛拉的门。门后有压低的彼此说话声传来，她大声问道："谁啊？"

"北面来的布里弗曼。你这会儿正忙吧。"

"是。"

"那好，晚安。"

"晚安。"

晚安，塔玛拉。你把你的嘴让他人分享，这没什么。你的嘴属于所有人，如同公园。

他给雪儿写了两封信，然后又给她打了电话，这样他才能安稳入睡。

23

艾迪的团队可能会赢得这场棒球赛。

边线上都插着以色列的国旗。

他有什么权利憎恨他们使用这个象征标志？他的盾牌上又没有雕刻着这个象征。

一个孩子挥舞着一瓶百事可乐，为他支持的一边加油。

布里弗曼向队员们发着热狗。他很高兴他学会了怀疑非犹太人的邻人的不洁，学会了不相信任何旗帜。现在他可以对他的队员们实施这一训诫了。

一个本垒打。

将你们的孩子都送去亚历山大的学院吧。他们回来时都成了亚历山大人可别觉得惊讶。

三声欢呼。恭喜恭喜！①

你好，加拿大，你这广袤的加拿大，你这些平淡无奇、美丽丰富的各种资源。每个人都是加拿大人。犹太人的伪装做不了数。

轮到艾迪做裁判了，布里弗曼穿过球场走到沼泽地，看着马丁拍死蚊子。开拖拉机的司机认识马丁，因为他常看着马丁完成他的使命。

这个男孩子已经杀死了六千多只蚊子。

"我也帮你杀几个，马丁。"

"这可帮不了我得分。"

"那我开始记自己的得分好了。"

"我赢定了。"

马丁的脚湿湿的。有些被蚊虫叮咬的地方肯定是发炎了。他应该让他回到宿舍的床上，可他看起来如此享受。他所有日子的满意度达到百分之九十九。

"你敢开始记自己的得分吗？"

他们陪着各自的队员返回营地的时候，艾迪说："布里弗曼，

---

① 此处为意第绪语。

264

你不仅输了这场比赛，你还输了我五块钱。"

"怎么说？"

"旺达。就是昨天晚上。"

"噢，天哪，我们那次打赌。我都给忘了。"

他查看了他的日志，心甘情愿地付了五块钱。

24

所有的日子都是阳光灿烂，所有的身体都被晒成古铜色。他看到的都是沙滩和暴露的肉体，当遮蔽肉体的那一点点布料散开时，他总会为露出来的城里的柔和的白色肉体而惊讶不已。他想要所有陌生的肉体的阴影。

他几乎不再看着天空了。一只低飞过海滩的鸟让他吃了一惊。《勃兰登堡协奏曲》中的一支正在扩音器里放着。他正仰躺着，闭着眼睛，让自己在炎热、强光和音乐中成为虚无。突然，有个人在他身边跪下来。

"让我来挤它。"是安的声音。

他睁开眼睛，打了个寒颤。

"别，让我来。"旺达笑着。

她俩是想挤破他额头上生的一个黑头。

"让我独自待着，"他像个疯子一样嚎叫。

他暴烈的反应让她们惊呆了。

他假装笑了一下，等待一个缓和的机会，然后离开了海滩。营地的双层床太凉了些。夜晚清凉的空气还未消散。他朝这个小小的木头四方小屋周围看了看。他的洗衣袋装得都鼓出来了。他忘了将它们送去洗。这个真不对劲。对于他来讲真不对劲。窗台上有一包"乐芝"饼干。这个不是他该吃的东西。他拿出自己的日志，这也不是他该写的东西。

25

马丁·斯托克意外死于一九五八年八月的头一个星期。他被一辆在沼泽地附近清土的推土机碾过。开推土机的人，那个匈牙利人史蒂夫，没有意识到自己撞上了任何不寻常的东西，除了平日里常碾到的土块、树根和石头。马丁可能正藏在芦苇丛里，觉得这是个更好的方法吸引蚊子。

马丁那天没有出现在晚餐桌前，布里弗曼猜他可能在沼泽地附近。他请一个年轻的辅导员坐在他的位置，他漫步朝着沼泽地走去，很高兴找到了一个理由离开那个众人聚集的吵闹大厅。

他听到芦苇丛中传来某种声音。他猜想马丁可能是看见他走过来，想和他躲猫猫呢。他脱下鞋子蹚水进去。他被压碾得很惨，推土机从他的背上直接碾了过去。他脸朝下躺着。布里弗曼将他翻过来时，他的嘴里全是内脏。

布里弗曼返回到大厅，告诉了克兰兹。他的脸变得煞白。他俩私下里都同意不能让夏令营的人知道这件事，尸体必须秘密移走。

克兰兹去往沼泽地，几分钟后返回来。

"你待在这里直到大家都睡了。艾迪会睡你的床。"

"我想送这具身体到镇里，"布里弗曼说。

"我们看看再说。"

"不，用不着看看再说。我和马丁一起去镇里。"

"布里弗曼，你现在就给我在营地待着，别在这个时候和我争论。你到底怎么回事？"

他站了一会儿岗，无人走过。蚊子叮得厉害。他想着蚊子会对马丁的尸体如何。他发现马丁时他的身上全是蚊子。月光很弱。他能听见老队员在火堆旁唱歌的声音。凌晨一点的时候警察和救护车到了，他们戴着头灯工作。

"我和他一起去。"

克兰兹刚和斯托克夫人通过话。她出人意料的平静。她甚至提到她不会起诉营地的渎职罪。克兰兹非常震惊。

"好吧。"

"我也不会返回了。"

"你不会返回是什么意思？别现在给我来这个，布里弗曼。"

"我不干了。"

"营地还有三个星期。我找不到人替补你的工作。"

"我不在乎。"

克兰兹抓住他的手臂。

"你可是签了合同，布里弗曼。"

"去他的合同。你别付我钱就成了。"

"你这个装模作样的小杂种，在这个时候——"

"而且你欠我五块钱。旺达是我先得手的。七月十一号，你可以查我的日志。"

"看在上帝分上，布里弗曼，你说什么呢？你到底在说什么呢？你难道看不见正在发生的事吗？一个孩子出事故死了，而你却在谈什么搞——"

"搞，这是你的语言。五块钱，克兰兹。然后我就离开这儿。这不是我应该在的地方——"

说不清是谁出的第一拳。

26

别从你身体里挤出任何东西，它并不亏欠你什么。 他写下这个完整的条幅。

他将条幅钉在开往蒙特利尔的汽车上，膝盖上放着打字机。

这是这条路上最难熬的一段，广告牌和加油站，司机的后脖子，他身上穿的这件可洗涤的塑料衬衫让他闷热难当。

如果死亡能抓获他，通过这些浮渣，让死亡显得高贵些吧。

他们在书里最后哼唱的那是什么？

力量！力量！让我们重生吧！

他总也无法记住经过的街道的名字，也无法学习任何东西，还总是遭遇懒惰的神秘。他想成为那个高个儿的黑人哀悼者，在洞穴里学会一切。

抱歉，我的父，我不知道这些蝴蝶的拉丁名，我不知道这个瞭望台是用什么石料筑成。

车门出了问题，司机试了几次都打不开。也许它们再也无法打开。在塑料衬衫里窒息是什么感觉？

27

我最亲爱的雪儿：

我得花上点时间才能把这些告诉你。

现在是凌晨两点。你这会儿肯定正睡在我们一起买下的那条绿条纹被单上，我能清楚看到熟睡中你身体的样子。你侧躺着，弯着膝盖，像个骑马的人，你可能又把枕头推到床下了，头发披散着，像幅书法。你的一只手在嘴旁微微握着，另一只手臂伸向床边，如同一根船的桅杆，手指如同漂浮在水上。

能和你说说话简直太好啦，我亲爱的雪儿。我知道我想说什么，因此我可以安宁。

我害怕孤独。你可以随便参观一家精神病院，或一家工厂，坐在一辆汽车里，或者坐在一间咖啡馆里。所有的人都生活在彻底的孤独里。当我想到每个人的声音缓缓升起，因此颤抖不已，那些铁钩，带着彩票中奖一般的机会，对准天空。而他们的身体正在衰老，他们的心开始像一架漏气的手风琴，肾脏也开始出问题，括约肌则如同用旧的软塌塌的橡皮筋。这一切都在我们身上发生，在你的身上，在那条绿色条纹被单的下面。这让我想握着你的手。这些就是所有的自动点唱机吃下硬币后要创造的奇迹，也就是我们要抵抗这不动声色的屠杀。握着你的手，是非常好的抵抗。我真希望你此刻就在我的身边。

我今天去参加了一个葬礼。无法去埋葬一个孩子。他真正的死亡和教堂神圣的安静形成强烈的对比。那些美丽的祷词不属于拉比的嘴唇。我不清楚是否任何一个现代人可以埋葬一个人。这个家庭的悲伤是真实的，可是安了空调的教堂却抵触着家人悲伤的表情。我感觉糟糕极了，因哽咽无法成言，因为我对这尸体没什么可说的。当他们抬着这具小棺材走开，我感觉这孩子是受骗了。

我无法声称我得了任何教训。你读到我的日志时会看到我离谋杀有多近。我简直不能想这件事，一想到我就动弹不得，真是动弹不得。连肌肉都无法动弹。我只知道有什么平淡无奇的东西，这个让人感到舒服的世界不可挽回地被摧毁了，而某种重要的东西肯定会发生。

一阵宗教的臭气盘旋在城市上空，我们都呼吸着这臭气。圣约翰大教堂的工事还在继续，镀铜的圆顶被升高。艾玛纽埃尔犹太教堂正开始筹集修葺资金。一阵由霉烂的神龛和圣幕组成的宗教的气息腐臭难闻，枯萎的花环和成年礼用的木桌也已朽坏。厌倦、金钱、虚荣和负疚塞满了教堂的长椅。圣烛、纪念物和永恒的光让人无法信服地闪耀，如同广告的霓虹灯光一样真诚。圣器往外喷吐着有毒的沼气。柔情蜜意的情人们转身离开。

我不是个好情人，否则我现在就和你在一起了。我会在你身边，而不是将这个渴望作为一种感情的见证。这也是我为什么给你写这些，给你寄来暑假的日志。我想让你了解关于我的一些事情。这里就是每日的记录。最亲爱的雪儿，如果你允许，我将永远将你保持在四百英里之外，给你写可爱的诗篇和信笺。这是真的，我害怕在任何地方生活下来，除非是在祈盼中。我不想冒这个生活的险。

初夏时我俩都说过：让我们如同解剖那样理性冷静吧。我不想见到你，或者听到你的消息。我宁愿用柔情来替代这些，可是我不会这么做。我不想要任何联系。我想重新开始。我想，我爱你。但我可能更爱一块清洁的石板。我可以把这些事情都说给你听，因为我们已经走得那么近。对于自律的尝试让我变得无法无天。

现在我该结束这封信了。它是我第一封没有保存复印件的信。我真想飞过去躺在你身边。请别给我电话，也别回信。我内心深处有什么东西要开始。

劳伦斯

雪儿给他发了三封电报，他一封没回。有五次他让电话铃整夜响着。

一天早晨她惊醒过来，突然喘不过气。劳伦斯对她做了和戈登
做的一模一样的事：写信，以及所有这一切！

28

他俩安静地喝着酒，等着说些不相干的事。

"想必你已经知道了，塔玛拉，我们输了这场**冷战**。"

"没有！"

"再清楚不过了。你知道就在这一会儿中国的年轻人在干什
么吗？"

"在后院里砸锅熔铁？"

"正确。而俄国人从幼儿园起就在学三角学。你怎么认为，塔
玛拉？"

"灰暗的想法。"

"可是这都没关系，塔玛拉。"

"为什么？"

他试着将里头还有些剩酒的酒瓶倒立着放在桌上。

"我告诉你为什么，塔玛拉。因为我们都适合进集中营。"

在他俩这样一个醉醺的状态说这些未免有些太残忍。在沙发
上，他在她身旁独自嘟囔。

"你说什么呢？"

"我什么都没说。"

"你刚说了什么。"

"你想知道我说了什么，塔玛拉？"

"是啊。"

"你真想知道？"

"是。"

"好吧，那我告诉你。"

一阵沉默。

"嗯？"

"我会告诉你。"

"好吧，你告诉我。"

"我是说……"

停顿。他跳起来，跑到窗户那儿，用拳头砸向窗玻璃。

"叫车，克兰兹，"他大声叫嚷，"叫车，叫车！"

29

让我们再多研究一个阴影。

他那时正朝地铁站走去。帕翠莎在他斯丹利大街上的房间里正
睡着，沉睡在孤独里，她的红发散落在肩上，如同波提切利的风。

他不由自主地会想，她太美了，自己配不上，他不够高，身板
也不够直，街车停下来，车里的人们也不会看他，他没有那种肉体

上的美。

她应该配上一个运动员，行动起来就和她一样优雅，面容和四肢都带着美的不容置疑的霸气。

他是在一次剧组聚会上遇到她的。她在《海达·加布勒》[①]里演主角。一个冷酷的娘们儿，她演得不错，所有的抱负和那些藤蔓枝叶。她和雪儿、塔玛拉一样美，百里挑一的人儿。她来自**温尼伯格**。

"在温尼伯格有艺术吗？"

那天的深夜时分他俩顺着山峰大道往上走。布里弗曼带着她到了一个铁栅栏处，栅栏掩藏在燕子、小兔和花栗鼠的雕花剪影中。她很快就向他敞开了自己的生活。她告诉他她生了个溃疡。我的老天，她还这么年轻。

"你多大了？"

"十八。我知道你很吃惊。"

"我是很吃惊，你胃里的溃疡在吞噬你，你还这么若无其事。"

她走动的样子真让人神魂颠倒，她的脚步如同早期西班牙的音乐，她脸上是一副对痛苦超然的样子。

那天晚上他带着她到这座城市里各处不易被人发现的奇妙去处。他试着再次看到他十八岁时的城市。这里有他曾爱过的一面墙，还有一处花里胡哨的古怪门廊他也想让她看看，可他们到了那地方的时候，整栋建筑已经被拆掉了。

---

① 挪威剧作家易卜生的一部戏，于 1890 年首演。

"去年白雪今安在?"①他夸张地说道。

她径直地盯着他说:"你征服了我,劳伦斯·布里弗曼。"

他以为这就是他那个晚上的用意。

他俩如同两块木板一样分开平躺着。他的手和嘴无法触到她的美。如同多年前和塔玛拉一样,床沉默着,受着折磨。

他清楚自己不可以重新开始整个程序。他的计划如何了?他俩最后终于能彼此说话了,彼此柔情似水,是那种失败后随之而来的柔情。

他俩一起待在那间房子里。

第二天晚些时候他写了一首艰涩的诗,是关于来自同一片大陆两个角隅的军队同时行军,向彼此开战。这两支军队永远也没有在中心平原上相遇。严冬吞噬了军营,如同群蛾吃掉的锦袍,沿路留下冻尸遍野,还有一门门无人看守的大炮,冰封的辽阔冻原使得这种军事设计毫无意义。数月之后,两个说着不同语言的兵士在尚未被轰炸过的绿色平原上相遇。他们腿上缠着的绑腿是用破裂的高级军官军服做成的。他们相遇的平原,原本是来自远方志在必得的司令们谋求取得的荣耀。这两个兵士因为从不同的方向走到一起,面对面,却忘了是什么原因让他们跌跌撞撞地走到这里来。

第二天晚上他看着她在他的房间里走动。他从未见过这么美丽的事物。她陷在一把褐色的椅子里,细究着一个剧本。他记起自己深爱的那种溶解的铜的颜色。她的头发就是那种颜色,她温暖的身

---

① 此句出自法国中世纪晚期诗人弗朗索瓦·维庸的诗《古美人歌》。

体仿若倒映着这头发，如同呈现在模子上方铸铜人的脸。

这可怜的完美的美！

他将他所有沉默的赞美给了她的四肢，她的唇，不是屈服于个人的喧闹的欲望，而是来自对至臻完美的要求。

他们说的话足够让她可以裸呈在他面前。她腹部的线条让他想起技艺高超的猎人在岩洞里画的那些柔软的线条。他记得她的内脏。

什么不可知的罪恶在她柔软的一侧耕耙？

在她身旁躺下，他狂乱地想到一个奇迹，将把他所有的这些想法转化成一个性欲的拥抱。他也不知道为什么，也许因为他俩都是好人，因为自然的身体语言，因为她明天就要离开。她的手栖息在他的大腿根处，并没有抚摸的欲望。她睡着了，他在黑暗中睁开眼睛，他的房间从未看起来这么空荡，一个女人从未离得这么远。他听着她的呼吸声，如同一架残忍的机器精致的引擎，将他们之间的距离拉得越来越远。她的睡眠是最后的撤退，比她能够说的能够做的更加完美。她睡着时的优雅胜于她走动时的优雅。

他知道头发是没有感知的；他吻了吻她的头发。

他正朝着地铁站的方向走，这个晚上由蒙特利尔最纯净的秋日设计。一阵小雨让黑铁栅栏闪闪发光。叶子精确地蚀刻在湿漉漉的小径上，如同被夹在日志里一样平整。一阵风吹过麦格雷戈大街上一株年轻的合欢树的叶子。两旁都是栅栏和宅邸的老路早已烂熟于心，他沿着老路走着。

对雪儿的思念在几秒钟内刺中了他。他真实地感受到自己被渴望之矛刺入。随着这渴望而来的，是一阵孤独的重负，他明白自己无法承担。为什么他们是在不同的城市？

他一路跑到皇家山宾馆。一个正跪在地上工作的清洁女工好性情地嘲弄他带进来的一脚泥。

他拨着电话号码，朝着接线员大喊大叫，说是要拨打让对方付款的长途。

电话铃响了九声后她才接。

"雪儿！"

"我本来没打算接的。"

"和我结婚吧！我就要这么多。"

长时间的沉默。

"劳伦斯，你对人不能这样。"

"你不想和我结婚吗？"

"我读了你的日志。"

哦，她的声音如此美丽，睡意蒙眬的声音。

"别管我的什么日志了。我知道我伤了你。请忘了它吧。"

"我只想回去睡觉。"

"别挂。"

"我不会挂，"她疲惫地说，"我会等到你说再见。"

"我爱你，雪儿。"

又是一阵很长的沉默，他觉得他听到了她的哭声。

"我爱你。真的。"

"请走开吧。我无法成为你需要的。"

"不，你能。你就是。"

"没有人能成为你需要的。"

"雪儿，这太疯狂，这样说话，隔着四百英里。我要来纽约。"

"你钱够吗？"

"你这是什么问题？"

"你钱够买票吗？你才辞了夏令营的工作，况且我知道你开始时剩的钱就不多。"

他从来没有听过她如此刻薄的声音。这让他清醒了些。

"我要来纽约。"

"如果你不来，我不想再等你。"

"雪儿？"

"怎么？"

"我俩之间还存留些什么吗？"

"我不知道。"

"我们见面会谈到的。"

"好吧，那我现在说晚安了。"

她依然用那种声音说话，那种接受了他，并帮助他完成他的抱负的声音，这时听起来，却让他伤心。而他自己，已经因为这个电话而情绪大伤。他已经不需要去纽约了。

30

　　他在蒙特利尔的街道中心开始他的旅程。街道的景象正在发生变化。维多利亚时代姜饼屋风格的建筑已被全部拆除，每隔一个街角矗立起一栋新的、半遮掩着的新办公楼的雏形骨架。这座城市看起来似乎铆着一股劲要现代化，好像它突然信服了某种新的卫生理论，如果不把滴水兽上的裂纹和雕刻的葡萄藤上的灰尘去除，会是一件非常可怕的事情。因此下定决心要将整个的风景改观。

　　可是它们曾是如此美丽。它们曾是唯一的美丽，最后的魔法。布里弗曼了解他熟悉的事物，知道它们的身体从未死亡。其他一切都是虚构。这是它们携带的美。他记得所有这一切，没有什么失落的事物。要为它们而服务。他顺着一条大街朝皇家山走去，心里唱着赞美之歌。

　　为希瑟一直沉睡着的身体。

　　为柏莎从苹果树上和笛子一起跌落的身体。

　　为丽莎清晨和夜晚的身体，闻起来带着森林和速度的气息。

　　为塔玛拉的身体，她的大腿根处让他对大腿根有了恋物崇拜。

　　为诺玛的湿润的起了鸡皮疙瘩的身体。

　　为帕翠莎的尚未被他征服的身体。

　　为了雪儿的身体，在他的记忆里如此甜蜜芬芳，他在走动时也在爱着的，他写下文字赞美的小小的乳房，她的头发那么黑，以致泛着蓝光。

所有这些身体，在浴袍间、服饰间穿进穿出的身体；在流水间、各个房间之间走动的身体；躺在草地上，躺出一个印痕的身体；舞动的、在马背上跳跃着、在镜中成长的身体，如同宝藏一样被珍惜，被垂涎，被欺瞒；所有的这些身体，芭蕾舞演员一般的线条，她们体内的乳膏，她们身体上的阳光和油膏。

一千个阴影，一簇火，所有发生的一切，因为述说而扭曲，为了服务于这些所见。他看见这一切，他就在所有事物的中心。

他茫然地顺着木头阶梯爬到山的一侧。他被精神病院的高墙挡在外面。医院的意大利式高塔看起来凶险邪恶。他的母亲就睡在其中一个房间里。

他转过身看着山下的城市。

城市的中心并不在新的建筑和拓宽的街道那里。它其实就在这座精神病院，在这里，通过药物和电击疗法，使得商人们能够保持清醒，让他们的妻子不致自杀，让他们的孩子不受到憎恨。这座精神病院才是真正的中心，它为正在衰败的商业四肢输送出稳定和创造、高潮和睡眠。他的母亲就睡在这些高塔中的其中一座里。那些窗户不能完全打开的高塔。

餐馆的灯光照耀着斯丹利大街和圣凯瑟琳大街的一角，让人们的肌肤看起来发黄，还能看见皮肤下的血管。这是家大餐馆，镶着镜子，同往常一样食客如流。他看不到一个女子。布里弗曼注意到很多男人的头发上都用了发胶，所以两鬓看起来湿润发光。他们多半很瘦，而且几乎都穿着一样的制服。紧身的棕黄色斜纹棉布长裤，后腰上分别有几道褶子，V 领毛衣，里面不穿衬衫。

他坐在一张桌子边。他口渴难忍。他摸了摸自己的口袋。雪儿没错，他没几个钱。

不，他不会去纽约。他知道这个。可他必须和她一直保持联系。这个不能切断。只要他和她相连，一切都很简单，只要他们都记得这一切。

有一天他会为他对她做的事情、对孩子做的事情愧疚不已，因为这愧疚而数日动弹不得，直到人们将他抬走，通过医疗器械让他恢复说话的能力。

可那还不是今日。

投币唱机在哭嚎。他深信他比任何人都理解这粗制滥情的渴望之调。乌利策①是头伟大的野兽，在痛苦中眨着眼。这是每个人的霓虹伤口。一个在忍受痛苦的口技演员。它是那种人们需要的宠物。一只永恒的熊，被电子的血液引诱上钩。布里弗曼还剩二十五分钱。它胖乎乎的，它热爱它的锁链，它贪婪地吞食着，准备好了整晚的溃烂。

布里弗曼觉得自己可以这么坐下来，啜饮橙汁饮料。一个回忆击中了他，他问服务员要了支铅笔，在一张餐巾纸上快速写了下来：

我的天！我刚记起来丽莎最喜爱的游戏是什么了。一场大雪过后我们通常会和几个朋友走到后院，厚厚的积雪还是新鲜的，无人

---

① 乌利策（1831—1914），出生于德国的美国商人，建立公司专门制作管风琴。

走过。游戏的过程是这样：柏莎负责将人转起来，她用脚后跟站稳在地上，玩伴握住她的手，飞快地围着她打转，直到玩伴的身体离开地面，然后她松开手，玩伴的身体从空中飞过，落在雪地上，落地的时候身体保持落地的形状不动。当每一个人都用这样的方式落在雪地上，这个游戏中最有意思的部分才开始。每个人会小心翼翼地站起身，不去触动各自留在雪地上的形状。好了，现在就可以开始比较了。我们当然会尽最大努力以某种疯狂的姿势降落，四仰八叉的。然后我们再走开，在那片可爱的白色雪地上留下我们如花一般盛开的形状，还有如同根茎一般延伸的脚印。

译后记

译《至爱游戏》的这几个月里，手头经常翻读的一本书，是乐评人西尔维·西蒙斯于 2012 年出版的一本厚达 500 多页的莱昂纳德·科恩传记《我是你的男人》（传记名来自科恩的一首同名歌曲）。传记的背景资料详实，传记作者在人与人、人与事、人与时代之间蛱蝶穿插，非常好读。

大概与国内的科恩粉丝一样，我知道科恩的缘起，不是因为他的小说和诗，而是他的歌。我第一次听到科恩的歌，是在 2003 年，一位挚友推荐的。了解他的小说和诗歌，还是从翻译他的《美丽失败者》开始。

科恩出生于 1934 年，正逢经济大萧条时期，二战之前。他降生在一个富裕的俄国犹太移民家庭，祖父是蒙特利尔城第一位首席拉比，父亲经营着一家著名的高级制衣公司。《至爱游戏》在某种程度上可以说是科恩少年到青年时代的自传体成长小说。小说的主人公布里弗曼生长的富裕犹太人居住的西山区、父亲的死亡、母亲最后进入精神病院生活等都发生在科恩本人的生活里。小说里主人公的好友克兰兹的原型是科恩在蒙特利尔的好友，同样出生于富裕犹太人家庭、后来成为雕塑家的莫特·罗森加顿。小说中雪儿的原型，也是科恩在美国纽约邂逅的一位情人乔治安娜。小说讲述了主人公布里弗曼的儿童时代一直到二十岁的生活，他与同伴克兰兹的友情，从童年到青年时代与进入他生命中的几位女子之间的情爱与性，还有他对战争、暴力、宗教、性，以及社会公平等的感受和看法。

书完成于 1961 至 1962 年间，彼时大约二十七八的科恩与当时的情人玛瑞莲居住在希腊的海德拉岛。1963 年在英国首次出版，当时颇受好评，英国《卫报》评论此书为"抒情如歌、具探索性的半自传体小说"。而美国的《星期六评论》评论此书具有"内心深处的无赖气质，语言异常丰富，情感细腻而幽默"。加拿大作家，《英国病人》的作者迈克尔·翁达杰则称赞其"文风紧凑、含蓄而诗意"，进而将这部小说与乔伊斯的《一个青年艺术家的画像》联系起来。当然，科恩与乔伊斯不是一个重量级的，故而我非常好奇迈克尔·翁达杰的评论是从何处着眼。可惜他的这篇评论文章我一直无法找到。不过，科恩求学于麦基尔大学时，确实师从路易斯·达德克研究过乔伊斯等人的作品。

传记作者西尔维·西蒙斯对此书有如下评价："……此书文笔优美，作者善于挖掘人性中的幽深黑暗面，用一种敏锐、丰沛、自我解嘲式的文字表达出来，也是典型的科恩式风格。小说开篇以'伤痕'起笔：美之伤痕（情人所穿的耳洞），战争之伤痕（父亲在战争中受伤的疤痕），友情之伤痕（与童年好友就堆雪人引起争执）。小说最后也以'伤痕'收笔，即他和童年好友同玩的游戏里在雪地上留下身体的印记。随着小说情节的展开，读者可以看到这位自我膨胀又自我嘲弄、心灵和身体上都留下伤痕的主人公随着时间的线性发展，经历了父亲的死亡、犹太孩子的夏令营、犹太教堂的修葺与建造、对性的渴望、与异性的性交，以及成为作家的抱负……"

科恩成长的 1960 年代里，也是法国思想家西蒙·薇依的思想被译介到英语国家之际，我猜想他这部作品可能也受到薇依的影响。小说的第二部分提到主人公布里弗曼去一家黄铜铸造厂做工一年的经验，里面有这样一段话："这厌倦真能杀人。体力劳作并不能让他的思想自由遨游，却麻木他的心智，可这麻木又不足以强烈到能清晰地意识到并将它表达出来。然而，这麻木仍然可以让人清楚认识到它的束缚。"薇依在她的《论劳作》一文里也提到她对机器给工人带来异化的深刻洞察。

此外，科恩本人对待宗教的态度也很有意思。在宗教仪式的层面他是一个虔诚的遵循者（比如他对禅宗仪式的遵循），同时他又不停地质疑宗教，认为宗教与催眠术有极其相似之处。科恩本人是学习并实践过催眠术的，这一点，不仅在小说里有所描述，在西尔维·西蒙斯的这本传记里，也详细地提到过科恩学习催眠术，并成功给自己家里的女佣催眠的经验。

在科恩这本小说处女作出版之前，他作为诗人在蒙特利尔的艺术圈里已小有名气。他的第一本诗集《让我们比较神话》出版于1956 年，里面包括他从十五岁到二十岁所写的四十四首诗作。诗集出版后在麦基尔大学和蒙特利尔的艺术圈里颇有影响，并获得麦基尔大学的文学奖。同年，科恩被哥伦比亚大学录取，离开蒙特利尔前往曼哈顿。也是在同一年，就读于哥伦比亚大学，同是犹太人的金斯堡的诗集《嚎叫》出版。1957 年，杰克·克鲁亚克的自传体小说《在路上》出版。这两本书，加上另一位作家威廉·巴勒斯的《裸体午餐》，一时被"垮掉的一代"奉为人人必读之经典。然而科恩并不属于这一圈人，他的诗风依然是传统的韵诗，正是"垮掉的一代"要抛弃和批判的。而科恩本人也无意加入这个圈子，在一次访谈中他提到："……我以为我们在蒙特利尔的那一帮人其实更自由，风格更不羁，而且是往正确的方向行进。在我们这一帮来自'小地方'的人看来，他们的路子没走对，也不像我们一样尊重传统。他们只是撞对了时机而已。"

大约很多年轻人都曾有过当诗人或作家的梦想，科恩的诗心初次萌动是他十五岁那年在一家旧书店里读到西班牙诗人洛尔迦的诗。作为诗人，他的第一本诗集出版于二十二岁那年；作为小说作者，他第一本小说出版于二十九岁那年；作为创作型歌手，他的第一本歌曲集发行于三十三岁那年，在娱乐界看来，算是晚熟型了。科恩今年八十岁，出版了两本小说，十本诗集，歌集则有十七本。

在连译了他的两本小说之后，再听他的歌，我咧嘴窃笑，科恩，真的是"往正确的方向行进"。

这部译稿的完成，以及第一本《美丽失败者》的完成，若没有好友孙丹、兄长刘苗松、豆友艾洛，以及我先生帮忙细心审阅，误译之处必定比鲁迅先生当年的"牛奶路"更为离谱。在此衷心感谢！

译笔中若出现其他错误，则译责自负。

译者

2014 年 4 月于加拿大

Leonard Cohen

THE FAVOURITE GAME

Copyright © 1963 by Leonard Cohen

Chinese Simplified Characters Copyright © 2020

By Shanghai Translation Publishing House

Simplified Chinese language edition published in agreement with McClelland & Stewart，a

division of Random House of Canada Limited

All rights reserved

图字：09 - 2013 - 608 号

图书在版编目(CIP)数据

至爱游戏/(加)莱昂纳德•科恩(Leonard Cohen)
著；刘衎衎译. —上海：上海译文出版社,2020.12
(莱昂纳德•科恩作品)
书名原文：The Favourite Game
ISBN 978 - 7 - 5327 - 8631 - 2

Ⅰ.①至…　Ⅱ.①莱…　②刘…　Ⅲ.①长篇小说-加
拿大-现代　Ⅳ.①I711.45

中国版本图书馆 CIP 数据核字(2020)第 251502 号

至爱游戏
[加拿大] 莱昂纳德•科恩　著　刘衎衎　译
策划/冯涛　责任编辑/管舒宁　装帧设计/胡枫

上海译文出版社有限公司出版、发行
网址：www.yiwen.com.cn
200001　上海福建中路 193 号
苏州市越洋印刷有限公司印刷

开本 890×1240　1/32　印张 9.25　插页 5　字数 125,000
2021 年 4 月第 1 版　2021 年 4 月第 1 次印刷
印数：0,001—5,000 册

ISBN 978 - 7 - 5327 - 8631 - 2/I•5330
定价：76.00 元